만렙 플레이어

WISHBOOKS GAME FANTASY STORY

만렙 플레이어 3

비츄 게임 판타지 장편소설

초판 1쇄 찍은 날 | 2018년 4월 11일
초판 1쇄 펴낸 날 | 2018년 4월 18일

지은이 | 비츄
펴낸이 | 예경원

기획 | 위시북스
편집책임 | 이규재
편집 | 이즈플러스

펴낸곳 | 예원북스
등록번호 | 제396-2012-000132호
등록일자 | 2012. 7. 25
KFN | 제1-243호

주소 | 경기도 고양시 일산동구 호수로 646-24 위너스21 II 빌딩 206A호 (우)10401
전화 | 031-819-9431 팩스 | 031-817-9432
E-mail | yewonbooks@naver.com

ISBN 979-11-6098-905-2 04810
979-11-6098-880-2 (set)

※ 이 도서의 국립중앙도서관 출판시도서목록(CIP)은 서지정보유통지원시스템 홈페이지(http://seoji.nl.go.kr)와 국가자료공동목록시스템(http://www.nl.go.kr/kolisnet)에서 이용하실 수 있습니다.

3
만렙 플레이어
WISHBOOKS GAME FANTASY STORY
비츄 게임 판타지 장편소설
Wish Books

만렙 플레이어

CONTENTS

1장
강력한 보스 몬스터

한주혁의 눈이 향한 곳에는 일렁거림이 시작되고 있었다. 그는 지금 기척감지 스킬 같은 능력이 없다. 그럼에도 불구하고 뭔가 강력한 것이 있다는 사실이 피부로 느껴질 정도였다. 이런 느낌을 받는 것은 처음이었다.

'뭔가……. 나타나려 하고 있다.'

무엇인지는 알 수 없었다. 한주혁이 주위를 둘러봤다. 대연합 신성의 플레이어들은 대부분 죽었고 또 일부는 도망쳤다. 기자라 추측되는 플레이어들만 몇몇 남아 있을 뿐.

플레이어들이 비어 있는 상황. 그러면 원래 몬스터들이 더 부각되어 보여야 하는 게 정상이다.

'몬스터들이 보이지 않아.'

몬스터들은 플레이어들이 PVP를 벌이고 있든 말든 상관하지 않는다. 눈앞에 플레이어가 있으면 공격할 뿐. '하늘로 흐르는 강'에서 출몰하는 몬스터인 큰 귀 코끼리나 물총 하마는 PVP를 하는 와중에도 플레이어들을 공격했고, 천세송의 데스나이트도 그 몬스터들을 공격했었다. 그런데 그 몬스터들이 전부 사라졌다.

'이건 마치.'

필드에서 강력한 보스 몬스터가 나타날 때 보이는 전조 아닌가.

'보스 몬스터?'

그와 동시에 알림이 들려왔다.

—보스 몬스터. 큰 귀 키메라가 생성됩니다.

보스 몬스터가 생성됐다. 보통의 경우 보스 몬스터가 생성되면 '보스 몬스터 레이드'라는 돌발 퀘스트가 주변에 있는 플레이어들에게 떨어지게 마련이다. 그런데 그런 알림음이 들려오지 않았다.

요르한 뒤로는 열댓 명의 대륙 정상급 살수들이 도열해 있었다. 원래대로라면 이들은 전면에 모습을 드러내지 않는 이들. 그러나 감히 절대자 앞에서 모습을 숨길 수 없어서 이렇듯 모습을 드러낸 거다. 비밀 유지를 최우선으로 하는 살막으로서는 파격적인 조치라고 할 수 있었다.

요르한이 물었다.
"주군, 어떻게 할까요?"
"기다려."
알림은 있었으나 아직 공격도 없고 놈의 모습이 다 보이지도 않았다. 그렇다는 말은.
'아직 뭔가 남았다는 소리.'
아마 전 세계의 플레이어들이 대연합 신성과 개인의 격돌을 지켜봤을 거다. 말도 안 되는 능력을 바탕으로 전투가 아닌 학살을 보여주었으니 당연히 관심이 쏠릴 거다. 다른 곳도 아니라 대연합 신성과의 싸움이었으니까. 더더군다나 그 유명한 문고리 3인방까지 합세한 전투 아니었던가.
'절대악의 등장 이벤트로는 나쁘지 않지.'
더군다나 명분도 제법 괜찮았다. 세아를 통해 올림푸스 매니아의 반응을 봤는데, 의외로 한주혁을 응원하는 댓글이 많았다.
한주혁이 말을 잘 못 해서 그렇지, 그 말 자체는 틀리지 않았으니까. 대연합이 모든 것을 독식하고 있는 구조. 금수저 밑에서만 금수저가 나올 수 있는 이 사회 구조에 수많은 청년이 좌절하고 있었으니까. 그 청년들을 제대로 이바지해 줄 수 없는, 이른바 흙수저 부모들은 통탄하고 있었고.
그는 나름대로 큰 그림을 그렸다. 어차피 절대악이면 전 세계를 상대로 싸워야 하는 건 맞다. 그러나 아무리 절대악이라고 해도 전 세계 70억 인구와 매번 싸우기만 할 수는 없는 법 아니겠는가. 그래서 그는 절대다수의 평범한 사람들을 아군으로 끌어들이기로 했다. 아군이 어렵다면, 그냥 방관자로라도 남아 있어주면 된다. 그가 진짜 싸워야 할 것은 바로 이 사회의 근간을 유지하고 있는 체제와 대연합 등 기성세력이었다.

—보스 몬스터. 두 머리 키메라가 생성됩니다.

그사이 또 다른 몬스터가 생성되었다. 여전히 퀘스트 알림은 없었다. 한주혁은 확신했다.

'그다음은 물총 키메라?'

하늘로 흐르는 강에 출몰하는 세 몬스터. 큰 귀 코끼리, 두 머리 악어, 물총 하마. 앞선 두 몬스터의 특징을 가진 키메라가 나타났으니 이제는 물총 키메라가 나올 차례다.

계속 숨어 있기 근질근질했는지 제타도 모습을 드러냈다. 제타가 호승심에 불타올랐다.

"강력한 놈이 나온 모양입니다. 제가 아주 떡을 만들어 놓겠습니다."

"아직 끝이 아니다."

아니나 다를까.

—보스 몬스터. 물총 키메라가 생성됩니다.

약간 다른 알림도 들려왔다.

—'하늘로 흐르는 강'이 확장됩니다.

—보스 몬스터들이 더욱 강력해집니다.

—돌발 퀘스트. '보스 몬스터 레이드'가 생성되었습니다.

하늘로 흐르는 강. 그 말 그대로 하늘을 향해 흐르는 거대한 강의 형태를 지니고 있다. 거대한 폭포처럼 생긴 이곳. 그러나 물이 하늘로 향해 흐르는 '하늘로 흐르는 강'의 폭이 점점 옆으로 넓어졌고 그 사이를 뚫고서 세 마리의 몬스터가 모습을 드러냈다.

꼬꼬의 깃털에 파묻힌 상태로 하늘에 떠 있던 천세송은 감탄했다.

"와. 크다."

여태 봐왔던 몬스터들과는 차원을 달리했다. 저 중 가장 큰 놈의 크기는 약 30미터 정도는 되는 것 같았다. 작은 빌딩과 맞먹는 어마어마한 크기. 그리고 침을 꼴깍 삼켰다.

—아저씨. 아저씨. 아저씨.

—왜?

—저 아가들 잡을 거죠?

—글쎄.

모르겠다. 부딪쳐보고 너무 강하다 싶으면 이 보 전진을 위한 일 보 후퇴도 나쁘지 않다.

—잡으면 시체는 꼭 저 줘야 돼요. 아저씨 말 잘 들을게요. 시체만 저한테 주면 시키는 건 뭐든지 다 할 거예요!

한주혁은 황당했다. 뭐 저렇게 자발적인 노예(?)를 자처하는지 모르겠다. 루펜달도 마찬가지고.

한주혁에게 알림이 이어졌다.

—'진 파천심공'의 기운과 '보스 몬스터' 출몰 조건을 만족하여 '하늘로 흐르는 강'이 확장됩니다.

—절대악이 이 땅에 강림하였음을 확인합니다!

—절대악의 기운과 확장된 몬스터 필드의 기운이 반응합니다!

—특수한 환경의 특수한 조건을 만족합니다!

—보스 몬스터 레이드 퀘스트가 주어집니다!

그와 동시에 보스 몬스터 레이드가 시작됐다. 한주혁의 몸이 부르르 떨렸다. 이런 반응은 처음이었다.

'강력한 놈들이다.'

놈들이 얼마만큼 강한지는 부딪쳐봐야 알 것 같았다. 제타가 검을 뽑아 들었다.

"제가 먼저 놈이 얼마나 강력한지 확인해 보겠습니다. 주군이시여!"

신성 연합은 오프라인 비상 대책 회의를 열었다. 지난 2년간 단 한 번도 열리지 않았던, 연합장 휘하 중연합장, 명예 연합장, 소연합장이 모이는 비상회의.

'하늘로 흐르는 강' 사냥터의 책임자였던 '불타는 짬뽕' 현실 이름으로 양정훈 이사가 보고를 올렸다. 놈이 나타난 시간, 위치, 놈이 사용하는 스킬, 공격 패턴 등을 자세히 설명했다.

대연합 신성을 이끄는 대연합장, 강무환이 입을 열었다.

"우리 신성의 위상이 땅으로 추락한 건 모두 알고 있을 겁니다."

그의 눈이 손자인 강무석을 쳐다봤다. 강무석 역시 지금 이 자리에 있는 것이 불편할 거다. 마음이 조금 아팠다. 그래도 좋은 경험이리라 생각한다. 지금의 강무석에게는 큰 자극이 되었을 테니까.

"레벨 디텍팅으로 확인한 결과 해당 풀카오의 레벨은 불과 50이었습니다."

"……."

모두가 입을 다물었다. 겨우 레벨 50대 풀카오에게 몰살당하다시피 했다. 신성의 내로라하는 플레이어들이 말이다.

"소연합장님들도 패배를 하셨지요. 별다른 저항조차 하지 못하고."

문고리 3인방도 고개를 떨구었다.

"죄송합니다."

"저한테 죄송할 문제는 아닙니다. 그놈이 지나치게 강력했으니까요."

하지만 아쉬움은 좀 있었다.

"풀카오의 전략적 가치를 미리 파악하고 그가 듣기에 매우 유리한 협상 조건을 내걸었다면, 소연합장님들께 그런 안목이 있었다면 좀 더 상황을 쉽게 만들 수 있었을 텐데요."

"……죄송합니다."

레벨 50대에 그런 능력을 가진 풀카오다. 사실 풀카오인 건 아무래도 상관없었다. 게임 내에서 누굴 죽였든, 그게 뭔 상관이란 말인가. 적어도 신성의 대연합장 강무환은 그렇게 생각했다. 그 역시 수많은 경쟁자를 척살한 경험이 있다.

"하지만 같은 배를 타기에는 이미 늦었다 생각합니다. 공식적으로는 놈에 대한 척살령을 내립니다."

다들 강무환의 말을 기다렸다. 사실상 이 자리는 회의가 아닌 통보의 자리였다. 이 시대의 절대자 중 한 명인 강무환이 내리는 명령을 전달받는 자리. 안타깝게도 그 젊은 풀카오는 절대자인 강무환의 심기를 거슬렀다.

"비밀리에 회유는 가능합니다. 그럴 경우 새로운 신분과 얼굴이 필요하겠지만. 신성은 인재를 아끼니까요."

그는 회유의 가능성도 놓치지 않았다. 그렇지만 역시 기본 방침은 회유보다는 척살이다.

"풀카오를 궁지로 몰아넣어야 합니다. 아주 강력한 무력을 가졌다지만 그는 혼자입니다."

그리고 몇 가지 석연찮은 부분들이 있다. 놈이 나타난 곳에서 검은색 몬스터가 등장했다는 소식이 들려왔다. 그리고 며칠 전 1번 성좌인 강무석이 놈에게 죽임을 당했다. 놈은 풀카오이고, 에르페스 제국에서 금지한 흑마법사인 네크로맨서와 함께 움직인다. 이러한 단서들을 조합하면.

"그가 절대악일 확률을 배제해서는 안 될 겁니다."

실제로 절대악이든 아니든 상관은 없었다. 일단은 그를 절대악에 대한 유력한 용의자로 몰아붙이는 것이 유리했다. 절대악이어서 1번 성좌를 죽인 거다. 절대악이어서 수많은 플레이어를 죽인 거다. 절대악이니까 이 세계를 혼란에 빠뜨릴 거다. 많은 사람들이 그렇게 생각만 하면 된다.

"절대악으로 여론을 몰아가는 걸로 하겠습니다."

그는 사랑스럽디사랑스러운 손자를 쳐다봤다. 손자의 나이가 무려 34살이지만, 그래도 그의 눈에는 아직도 어린아이 같았다. 그는 손자에게 아름다운 세상을 물려줄 필요가 있었다. 귀족들의 세상. 그의 대에서는 이루지 못했다. 이놈의 민주사회가 뭔지. 사회는 역행할 필요가 있었다.

'네 대에는 아름다운 세상을 만들 수 있을 것이다.'

그러기 위해서는, 저런 반동분자 따위는 없어야 한다. 대연합의 위상은 날로 높아져 가고, 세계의 문명은 대연합에 점점 더 의지하고 있다. 대연합이 아니면 온갖 퀘스트와 몬스터 스톤, 각종 아이템을 얻기가 점점 힘들어지는 상황이니까. 시간이 좀 더 지나면 대연합들이 이 세계를 지배할 수 있게 된다. 강무환은 그렇게 생각했다.

귀족이 평민들 위에 군림하는 아름다운 세상. 강무환은 그 세상이 곧 올 거라고 생각했다.

한편, 대연합 엘진에서도 회의가 열렸다.

"어떻게 할까요?"

"그를 잡아야 합니다. 파격적인 조건으로."

"저희만 눈독 들이는 것이 아닙니다. 아마 수많은 외국의 대연합도 그 플레이어에게 접선을 시도할 겁니다."

저렇게 강력한 능력을 가진 레벨 50대 플레이어. 당연히 탐이 나는 플레이어다. 활용도가 어마어마하다. 강력한 몬스터를 잡을 때에도, 견제세력을 견제할 때에도.

"지금 당장 협상팀을 꾸려서 하늘로 흐르는 강으로 이동하죠."

"적임자가 누가 있겠습니까?"

"마침 그 근처에 김은영 이사님이 계십니다."

"조건 설정은 어떻게 해야 하죠?"

"보아하니 노아이템 상태입니다. 일단 원하는 유니크급 아이템 세트 지급부터, 연봉 3억을 제시합시다. 제대로 된 파티원이 없는 것 같으니 파티원 적극 지원도 검토. 그리고 대연합 엘진의 사냥권 이용 및 워프 포탈 지도 공개 등. 우리가 양보할 수 있는 건 최대한 양보하면 좋겠습니다. 계약금도 3억 정도 걸면 어떨까 싶습니다."

그들은 확신했다. 이 정도 조건이라면, 아무리 열정과 패기로 똘똘 뭉친 젊은 플레이어라도 혹할 수밖에 없다. 계약금만 3억. 유니크급 아이템 세트면 못해도 수억이다. 게다가 무려 대연합 엘진이 제안하는 거다. 만족하지 않으면 그게 이상할 정도.

저 플레이어는 지금 사회에 불만을 가지고 있는 모양이고, 그것만 잘 달래주고 어루만져 주면 될 거라고 생각했다. 한주혁을 제대로 겪지 못한 그들은 그들 나름대로 합리적이라고 생각했다.

한편, 또 다른 글로벌 대연합. 미국인들이 대부분인 '어벤져스' 연합에서도 같은 얘기가 오갔다. 어벤져스의 연합장 캡틴이 말했다.

"계약금 3억. 레어급 아이템 세트 지급. 연봉 5억을 제시하세요."

대연합 엘진과 다른 점이 있다면 엘진의 단위는 '원'이고 어벤져스의 단위는 '달러'라는 것 정도.

어쨌든 세계 각지의 대연합들이 하나둘 '하늘로 흐르는 강'으로 향하기 시작했다.

하늘로 흐르는 강. 그곳에서 한주혁은 보스 몬스터 레이드를 시작했다.

보스 몬스터들의 강함을 측정하기 위해 탐색전을 벌이던 제타가 뒤로 물러섰다. 제타의 몸은 어느새 땀범벅이 되어 있었다.

"주군, 놈들은…… 매우 강력합니다."

제타는 고개를 절레절레 저었다. 저렇게 강력한 몬스터를 보는 건 굉장히 오랜만 아닌가. 이건 혼자서는 절대로 못 잡고, 12장로 전체가 들러붙어야 잡을 수 있을 것 같다. 요르한도 그의 생각에 동의하는 것 같았다. 요르한이 조심스레 말했다.

"지금 사냥하기에는 지나치게 강력한 몬스터인 것 같습니다. 후일을 도모하는 것이 어떨까 생각됩니다."

두 장로의 얘기를 들은 한주혁이 약간 이상하게 대답했다.

"아니, 놈을 잡는다."

한주혁이 말했다.

"나는 놈을 잡는다."

요르한과 제타는 동시에 한주혁을 쳐다봤다. 제타가 황급히 한 발을 앞으로 내디뎠다.

"주군, 주군께서는 지금 특별한 금제에 걸려 계십니다. 아무런 제약이 없는 제가, 놈들을 혼자서 상대할 수 없었습니다. 주의를 끄는 것조차도 힘이 듭니다. 저 빌어먹을 새끼들은 나중에 처리하시는 게 좋지 않을까 생각됩니다."

표현은 완곡하지만, 결국 너는 아직 약하니 나중을 기약하자라는 얘기였다. 한주혁도 제타의 생각에 일부 동의했다. 아마 제타와 일대일로, 순수 실력만 가지고 싸우면 질 수도 있지 않을까 생각하는 중이다.

'제타의 레벨은 내가 추정할 수 없어.'

사실 레벨 80~90대로 추정했었다. 그런데 레벨 70대 플레이어와 PVP를 해보니까, 어쩌면 그 이상의 NPC일 것 같다는 생각이 들었다. 60대와 70대는 완전히 다르고, 또 70대와 80는 상상을 초월할 정도로 다르다고는 하지만, 그래도 어쨌든 스텝업을 한 단계 거치는 거다.

'레벨 70짜리 네임드 플레이어를 상대하는 게 어렵지 않았으니까.'

그렇다면 제타의 레벨은 80 정도가 아니라 90. 어쩌면 그 이상을 봐야 할지도 모른다는 소리다. 그런 제타가 정면에서 싸우기 힘들다는 얘기다. 제타의 말에도 일리는 있었다.

"나를 못 믿나?"

"그런 건 절대 아닙니다. 저는 주군을 신뢰합니다!"

한주혁이 피식 웃었다. 저 키메라들이 강력한 것은 알겠다. 하지만 제타가 놓치고 있는 것이 하나 있었다. 놓치고 있다기보다는 그조차도 전혀 모르고 있는 사실.

'저 몬스터들이 내 기운에 반응해서 나타난 몬스터들이라는 거지.'

분명 아까 알림을 들었었다. 절대악의 기운과 진 파천심공에 반응하여 나타난 몬스터들이라고.

이상하게도 확신이 들었다.

'저놈들 잡을 수 있다.'

요르한이 걱정스러운 눈으로 한주혁을 쳐다봤다. 한주혁이 말했다.

"그래서 내가 너희들의 절대자라는 것이다."

너네들이 부하고, 내가 대장이지. 너네들이 못 하는 걸 나는 할 수 있거든.

—진 파천심공의 기운이 맹렬히 팽창합니다!

—절대악의 기운이 시너지 효과를 발휘합니다!

한주혁이 걸음을 옮겼다. 거대한 몬스터들, 키메라들에게 가까이 다가가면 다가갈수록 그가 가진 기운이 증폭되었다. 눈으로 보이지는 않아도 한주혁은 그것을 몸으로 느낄 수 있었다.

'놈들의 습성이 원래 몬스터들과 같다면.'

그랬다면 벌써 물총 하마가 물총을 쏴댔을 거다. 더 정확히 말하자면 '액시드 워터'라는 것인데 굉장히 강력한 원거리 공격이다. '산성 계열'에 내성을 가진 아이템을 장착하지 않으면 데미지가 상당히 크게 들어온다.

'벌써 공격을 했어야지.'

그런데 공격하지 않고 있다. 저놈들도 이 기운에 반응하고 있다는 거다.

'절대악. 진 파천심공. 특별히 확장된 보스 몬스터 필드.'

이것들 사이에는, 세상이 모르는 어떠한 연결고리가 있는 것이 틀림없었다.

하늘 위에서 아래를 내려다보던 천세송은 조금 긴장했다.

"꼬꼬야, 아저씨가 재네 잡을 수 있겠지?"

분위기를 보아하니 저 몬스터들 엄청나게 강한 몬스터인 거 같다. 게임에 재능 없는 천세송이라도 그 정도는 읽을 수 있었다. 괜히 불안했다. 저토록 신중한 아저씨는 처음 보는 것 같다.

'괜찮을 거야.'

그녀는 열심히 응원했다.

'화이팅!'

나중에 고레벨이 되면, 그때는 도와줄 수 있을 거라 생각했다. 마음 같아선 지금 당장에라도 한 팔 거들고 싶었지만 지금은 그럴 수 없었다. 말 잘 듣기로 했으니까. 모르긴 몰라도 지금은 가만히 있는 게 도와주는 거란 생각이 들었다.

그녀는 하늘에서 상황을 지켜봤다. 한주혁이 백참격을 사용하는 것이 보였다.

'하늘로 흐르는 강'에서 나타난 새로운 형태의 보스 몬스터. 이들은 세 몬스터를 조합해 놓은 것처럼 생겼다.

큰 귀 키메라는 '큰 귀 코끼리'를 모태로 하여 물총 하마와 두 머리 악어를 합성해 놓은 것 같은 모양새. 얼굴은 코끼리요, 몸통은 하마, 다리와 꼬리는 악어 같은 모양새.

'물총 키메라'는 물총 하마의 얼굴을 가졌고, 몸통은 악어, 다리와 꼬리는 코끼리 같은 모양새.

'두 머리 키메라'는 두 머리 악어의 얼굴을 가졌고, 몸통은 코끼리, 다리와 꼬리는 하마 같은 모양새였다.

다만 이 세 몬스터에게는 공통점이 있었다. 예전 한주혁이 모습을 드러냈던 곳에서 나타났던 것처럼, 몸이 모두 검은색이라는 것.

크기가 약 수십 미터에 이르는 이 거대 몬스터들과 한주혁이 맞부딪쳤을 때, 더 정확히 말하자면 한주혁이 백참격을 사용하며 탐색전을 벌일 때, 알림이 들려왔다.

—보스 몬스터들의 기운을 확인합니다!

—진 백참격이 키메라들을 공격합니다!

평상시에는 이런 알림이 들리지 않는다. 진 백참격에 관한 알림만 들린다. 이러한 특별한 알림이 있다는 것은, 그만큼 특별한 무언가가 있다는 것.

—진 파천심공과 절대악 칭호가 시너지 효과를 발생시킵니다!

—특별한 조건을 만족하였습니다!

—히든 피스 한 조각을 완성시켰습니다!

—절대악은 특별한 조건에서 특별히 생성된 몬스터에게 특별한 상성을 가집니다.

한주혁의 백참격이 하늘을 갈랐다.

—크리티컬샷!

—크리티컬샷!

—크리티컬샷!

부메랑처럼 날아간 그의 검은색 기운, 백참격이 순식간에 수십 번의 크리티컬샷을 띄웠다.

뿌우우우우우우!

큰 귀 키메라가 마치 거대한 부부젤리를 불듯, 거대한 괴성을 토해냈다. 그러나 그 몬스터들은 한주혁에게 반항하지 않았다.

—보스 몬스터들이 두려움에 떨고 있습니다!

—강력한 기운이 보스 몬스터들에게 위압감을 선사합니다!

—축하합니다!

—히든 피스를 만족한 결과로, 히든 스킬이 부여될 자격을 확인합니다!

—절대악 칭호를 확인합니다!

—모든 조건 만족!

—히든 스킬. '위압'이 생성됩니다.

한주혁은 빠르게 위압에 대한 간단한 설명을 훑었다.

〈위압〉

절대자의 권능이 담긴 무형의 기운을 내뿜는 스킬.

효과: ‘흑’ 계열 몬스터와 ‘마’ 계열 몬스터에게 극도의 공포감을 선사.

위압은 패시브였다. 인지하지 않아도 저절로 사용되는 스킬. 적용되는 대상은 정해져 있었다.

‘어둠’ 계열 몬스터와 ‘마’ 계열 몬스터에게만 통용되는 능력. 그런데 눈앞에 보이는 저놈들은 아마도 저 두 계열 중 하나인 몬스터인 모양이었다.

‘좋네.’

그래서 이렇게 놈들을 이길 수 있다는 자신감이 들었는지도 모르겠다.

한주혁이 놈들에게 달려들었다. 거대한 몸집이었고, 그들이 질러대는 괴성은 가히 하늘을 뚫을 정도로 거대했지만 반항하지 못했다.

–히든 스킬 ‘위압’이 블랙 몬스터들에게 강력한 힘을 발휘합니다!

–히든 스킬 ‘위압’에 의해 블랙 몬스터들이 저항할 의지를 상실합니다!

거리를 좁힌 한주혁이 주먹을 뻗었다. 순수 평타.

퍽!

소리가 들렸다.

—절대악 칭호를 가진 플레이어에게서 진 파천심공을 확인합니다.

—절대악 칭호와 진 파천심공이 시너지 효과를 일으킵니다!

그의 평타는 매서웠다.

—크리티컬샷!

—크리티컬샷!

무자비한 평타가 불어닥쳤다.

—크리티컬샷!

평타 한 방에 크리티컬샷이 계속해서 떴다. 제2장로 요르한은 두 눈을 크게 떴다. 그리고 스스로를 자책했다.

'나는 아직도 멀었다.'

주군을 그 나름대로는 정확하게 파악하고 있다고 생각했는데 자신의 생각이 완전히 틀렸다는 걸 두 눈으로 보고 말았다.

'저분은 절대자.'

스카이데블을 양지로 이끌어주실 구원자. 제2장로의 눈에 비친 한주혁은 그랬다.

'저런 형태의 몬스터를 굴복시킬 수 있는 어마어마한 힘을

가지고 계시다.'

제6장로 제타는 조금 황당해했다.

"어라? 요르한, 저게 어떻게 된 일이야?"

"주군께서는 저런 형태를 가진 몬스터들의 천적인 기운을 가지고 계신 듯하다."

"엥?"

그런 게 있나?

"흑마법은 백색마법에 약하다. 불 속성의 마법은 물 속성의 마법에 약하다. 나는 너에게 강하지만, 너보다 약한 많은 무리의 적에게는 약하다."

모두에게는 상성이라는 게 있다. 저런 검은색 몬스터에게 주군은 어마어마한 힘을 발휘하는 모양이었다.

"그런데 주군께서는……."

아무래도 상성이라는 게 별로 의미 없어 보인다. 그가 본 한주혁은 절대자였다. 성장 속도가 빛살만큼이나 빠른.

제타가 무릎을 탁! 쳤다.

"상성 따윈 씹어 드실 분이라는 거지?"

그때 한주혁에게 알림이 들려왔다.

–연달아 크리티컬샷을 사용하였습니다!

–아서 님이 적을 상대로 어마어마한 위용을 뽐내는 중입니다!

—아서 님의 공격에 적이 맥을 못 추고 있습니다!

그와 동시에.

—축하합니다!
—액티브 스킬. '치명적인 주먹'이 활성화되었습니다.

새로운 보스 몬스터가 나타난 이곳은 한주혁을 위한 파티장이나 다름없었다. 한주혁은 제타조차도 어떻게 하지 못한 세 마리의 몬스터를 장난감 가지고 놀듯 너무나 쉽게 제압했다. 몬스터들은 자신의 능력을 발휘하지도 못하고 한주혁의 '백참격'과 '치명적인 주먹'에 속수무책이었다.

—축하합니다!
—보스 몬스터. 큰 귀 키메라를 사냥하였습니다!
—축하합니다!
—보스 몬스터. 두 머리 키메라를 사냥하였습니다!
—축하합니다!
—보스 몬스터. 물총 키메라를 사냥하였습니다!

돌발 퀘스트가 클리어되었다. 보스 몬스터 세 마리를 잡는 이 보스 몬스터 레이드가 이렇게 쉽게 끝날 거라고는 그 누구도 생각하지 못했다. 심지어 한주혁 본인조차도.

'상성이란 게 이렇게 좋네.'

사실 놈들이 얼마나 강했던 건지는 모르겠다. 다만 알기로는 평타 한 방에 죽지 않았다. 백참격과 치명적인 공격을 연달아 수십 대 이상을 때렸다. 만약 놈들이 '위압'에 굴복하지 않고 제대로 저항했다면 결과는 어떻게 됐을지 모른다.

'역시 절대악, 할 만한데?'

아주 좋았다.

–보스 몬스터 레이드 보상이 주어집니다!

게다가 절대악 포인트를 사용해서 현재 그의 행운은 다른 플레이어들과 그다지 다르지 않은 수준.

–큰 귀 키메라 레이드의 성공 대가로 30,000,000골드가 지급됩니다.

–물총 키메라 레이드의 성공 대가로 스텝업 포인트 1개가 지급됩니다.

–두 머리 키메라 레이드의 성공 대가로 절대악 포인트 3개가 지급됩니다.

아주 좋았다. 이런 바람직한 결과. 생각하지 못했다. 그런데 거기서 끝이 아니었다.

—보스 몬스터 레이드 클리어의 보상이 주어집니다.

3천만 골드. 그 얻기 어렵다는 스텝업 포인트. 거기에 더해 절대악 포인트까지.

'이왕이면 몬스터 스톤이 주어지면 좋겠는데.'

레드 스톤 하나면 5억 골드다. 보는 눈이 있어서(제타와 요르한) 그걸 모두 날름하기는 좀 그렇지만 어쨌든 오늘 수확한 아이템 등과 합치면 아파트의 꿈을 이룰 수 있다. 그래서 기대했다.

'이 정도 강력한 놈들이면 레드 스톤 꾸러미 정도 기대해도 되지 않겠어?'

그렇다. 아주 운 좋으면 그럴 수도 있다. 무려 20개가 들어 있는 '꾸러미' 보상. 말이 20개지, 그러면 정말 슈퍼로또라 할 수 있다. 평생 놀고먹어도 될 돈이 굴러 들어온다.

'아, 왜 이렇게 뜸을 들여?'

슬슬 애가 탈 무렵, 알림이 이어졌다. 알림을 들은 한주혁은 다리가 풀려 주저앉을 뻔했다.

'대박이다……!'

검은 보스 몬스터 세 마리를 잡은 보상은 그야말로 어마어마했다. 앞선 보상 따위는 아무것도 아니라고 말해도 될 정도로 말이다.

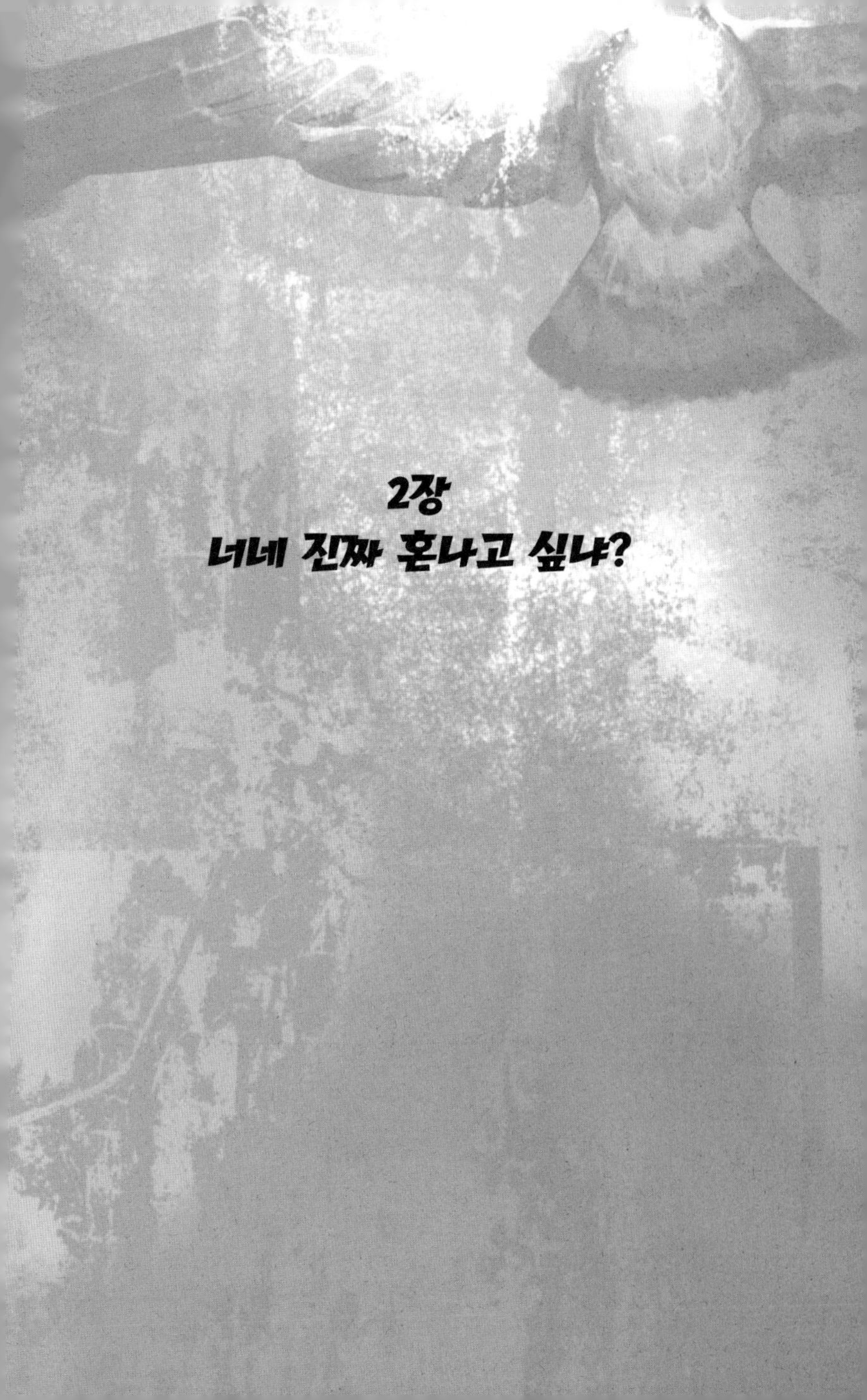

2장
너네 진짜 혼나고 싶냐?

원래대로라면 잡을 수 없는 보스 몬스터들을 사냥했다.

–보스 몬스터 레이드 클리어의 보상이 주어집니다.

한주혁이 그 보스 몬스터들을 잡을 수 있었던 건, 한주혁이 강력해서라기보다는 한주혁이 '진 파천심공을 익히고 있는 절대악이라서'에 더 가까웠다. 다시 말해 모든 스탯이 130에 육박하는 능력치를 가진 한주혁조차도 원래대로라면 잡을 수 있을지 없을지 모를 만큼의 강력한 보스 몬스터들이었다는 소리다.

–보스 몬스터 레이드 클리어의 보상으로 블랙 스톤 3개가 주어

집니다.

한주혁의 다리가 풀릴 뻔했다.

'블랙 스톤?'

귀를 의심했다. 이게 말이나 되는 소리인가?

'블랙이라고?'

레드 스톤 꾸러미를 바랐는데 블랙 스톤이 튀어나왔다. 그것도 3개가.

'진짜냐?'

—축하합니다!

—블랙 스톤 3개가 인벤토리에 귀속됩니다.

그는 황급히 인벤토리를 열었다. 정말이었다. 블랙 스톤 3개가 인벤토리에 들어와 있었다.

'미친.'

블랙 스톤은 200년간 딱 3개가 드랍되었던 몬스터 스톤이다. 그중 하나를 신성에서 가지고 있었고 이 블랙 스톤과 레드 스톤들을 조합하여 '몬스터 게이트'를 만들었다. 한주혁은 모르고 있지만 신성에서는 블랙 스톤이 더 없는 것을 굉장히 아쉬워했다.

1개의 블랙 스톤. 그리고 수십 개의 레드 스톤을 조합하여

구동 에너지를 얻는 장치가 바로 몬스터 게이트. 이 프로젝트에 참여한 수많은 엔지니어링 플레이어들은 입을 모아 말했다. 레드 스톤 수십 개가 아니라, 블랙 스톤 두 개만 더 있으면 정말 완벽해질 거라고 말이다.

어쨌든 역사가 다시 기록되기 시작한 200년 이래로, 블랙 스톤이 등장했던 건 단 세 차례에 불과했다. 전 세계에 풀려 있는 물량 자체가 3개밖에 없는, 그마저도 하나는 신성에서 사용한 보물 중의 보물이 무려 3개나 한주혁의 인벤토리에 들어온 것이다.

'이걸 어디다 쓰지?'

판다고 경매에 올려볼까? 그러면 아마도 평생 놀고먹을 수 있는 막대한 양의 돈을 받을 수 있을 거다.

입이 찢어질 것 같았다. 아파트 한 채에 자동차 하나? 그게 소시민 한주혁의 꿈이었었는데, 이제 그런 꿈은 하찮을 정도라고 해도 과언이 아니다.

'진짜 대박이다.'

지금 일이 마무리되면 가족들과 함께 살 수 있는 커다란 아파트부터 하나 계약해야 할 거 같다. 행복한 상상을 해봤다.

대연합 신성.

대연합 엘진.

대연합 어벤져스.

세계에는 수많은 글로벌 대연합이 있지만, 그중에서 가장 먼저 행동을 취한 곳이 바로 이 세 군데라 할 수 있었다. 지금 한창 떠오르고 있는 슈퍼루키, 풀카오를 회유하기 위해서 그녀가 생각하기에 합리적이고 이성적인 조건을 들고 왔다.

유니크급 아이템 세트 지급.

연봉 3억.

파티원 적극 지원.

대연합 엘진의 사냥권 이용 및 워프 포탈 지도 공개.

계약금 3억.

이제 갓 뜨기 시작한 플레이어. 그것도 플레이에 굉장히 불리한 '풀카오'에게는 상당히 유리한 조건이 아닌가.

엘진의 김은영 이사가 '하늘로 흐르는 강'에 들어왔다.

저만치 앞 한주혁이 보였다. 그녀는 바로 귓말을 보냈다.

–엘진의 이사, 파란마음이라고 합니다.

그와 동시에 그녀는 몇 걸음이나 뒤로 물러서야 했다.

"주군, 어떻게 할까요?"

"내버려 둬."

한주혁은 지금 기분이 매우 좋다. 원래 사람은 감정적인 동물 아닌가. 똑같은 말을 들어도 기분이 좋을 때가 있고 나쁠 때가 있는데, 지금은 좋을 때다. 세계에 단 3개밖에 풀리지 않았던 보물이 지금 자기 손에 3개나 들어왔으니까.

"알겠습니다."

제2장로 요르한의 모습이 흐릿해졌다. 살막의 수장답게. 한주혁조차도 그의 은신을 알아차리지 못할 정도였다.

엘진의 이사 김은영. 닉네임으로는 '파란마음'을 쓰는 그녀는 침을 꿀꺽 삼켰다.

'언제 뒤를 잡혔지?'

그녀는 스피드라면 누구에게도 지지 않을 자신이 있는 플레이어다. 단도와 레이피어를 사용하는 쌍검류 클래스이며, 누군가에게 이토록 무방비하게 뒤를 내준 기억이 별로 없다.

"엘진에서 왜 나를 찾아왔죠?"

눈에는 눈 이에는 이다. 먼저 존댓말로 이쪽을 존중하면 이쪽도 저쪽을 존중한다. 절대악이라고해서 무턱대고 아무한테나 반말을 막 하지는 않는다. 결정적으로 지금 한주혁의 기분이 너무 좋다.

파란마음은 다행이라고 생각했다. 생각했던 것만큼 경우없는 풀카오는 아닌 것 같다. 그래서 조건들을 얘기했다.

'이런 조건이면 혹할 수밖에 없을 겁니다.'

그 어느 누가 연봉 3억을 제시하겠는가? 겨우 레벨 50대의 플레이어에게 말이다. 그녀는 아직도 '대연합의 시선'을 버리지 못했다. 이 플레이어가 상상 이상의 어마어마한 힘을 가진 것은 틀림없지만 그래도 이런 조건이면 만족할 거라고 생각했다.

'세상은 어차피 혼자서 살 수 없어.'

그냥 네임드 정도가 아니라 세계 최정상 탑급 플레이어라고 할지라도 그렇다. 그들 역시 연합에 속해 있거나 연합을 이끌고 있다. 솔로 플레이를 하는 사람은 단 한 명도 없다. 그런 의미에서 지지기반이 아무것도 없는 이 플레이어에게 대연합 엘진은 좋은 방패막이가 되어줄 수 있을 거라 확신했다.

"어때요? 좋은 조건이죠?"

은근히 압력도 넣었다.

"대연합의 비호가 없으면…… 당신이 아무리 강해도 이곳에서 살아남기가 쉽지 않을 거예요. 궁극적으로는 한국 내 모든 거래기관과의 거래도 중지될 수 있어요. 당신이 아무리 좋은 아이템을 얻는다 할지라도, 거래를 할 수 없다면 무슨 소용이겠어요?"

한주혁이 피식 웃었다.

"방금 귓말이 왔는데요."

여기저기서 슬슬 입질이 오고 있다. 미국의 대연합 어벤져스란다. 들어봤다. 들어본 정도가 아니라 잘 알고 있다. 신성보다도 더 큰 규모를 자랑하는 미국의 대연합 아닌가.

"이쪽은 아예 대연합장이 직접 왔네요."

어벤져스의 연합장 캡틴이 땀을 삘삘 흘리면서 달려왔다.

"먼저 찾아온 이가 계셨군요. 대륙 6개를 건너서 오다 보니 늦었습니다. 미안합니다."

파란마음은 갑자기 나타난 플레이어 하나를 쳐다봤다.

붉은색 플레이트 아머. 자신의 몸집보다도 훨씬 커다란 붉은색 창.

'어벤져스 연합의 캡틴?'

캡틴이 직접 왔다?

캡틴이 말했다.

"치졸하게 다른 연합의 조건을 듣고 그것보다 더 좋게 해드린다는 말씀은 드리지 않겠습니다."

그는 별다른 얘기 없이 본론으로 바로 들어갔다.

"계약금 3억. 레어급 아이템 세트 지급. 연봉 5억을 드리겠습니다. 저희와 힘을 합쳐 세계를 선도해 보지 않으시겠습니까?"

파란마음 이사는 인상을 살짝 찡그렸다. 이쪽보다 조금 더 좋은 조건 아닌가. 연봉도 2억이나 더 높고. 아마 어벤져스의 연합장은 정보력을 동원해 이쪽의 조건을 미리 알고서 저런 조건을 내걸고 있는 것 같았다.

한주혁은 딱히 대답하지 않았다. 원래대로라면 대단한 조건들이 맞다. 누가 경력도 없는 레벨 50대 플레이어에게 이런 파격적인 조건을 제시하겠는가? 하지만 이제 그는 소시민의 때를 많이 벗었다.

"연봉 5억 원 정도는 이렇게만 해도 얻을 수 있습니다만."

한주혁이 백참격을 사용했다. 그것은 곧바로 진 백참격으로 전환되었고 진 백참격이 하늘로 흐르는 강의 물실을 가르며 몬스터 약 6마리를 한꺼번에 사냥했다.

—두 머리 악어를 사냥하였습니다.
—두 머리 악어를 사냥하였습니다.
—두 머리 악어를 사냥하였습니다.
—두 머리 악어를 사냥하였습니다.
—두 머리 악어를 사냥하였습니다.
—두 머리 악어를 사냥하였습니다.

그리고 지금 그는 행운 수치가 일반인과 다르지 않다.

"형님! 제가 달려갑니다!"

라피드 스텝을 사용했다. 루펜달의 몸이 미끄러지듯 앞으로 쏘아져 나갔다. 레드 스톤 하나를 주워왔다.

싱글벙글 웃었다. 이런 펫 생활, 행복하다. 이 레드 스톤을 가져다 바치면 적어도 1,000만 원 정도는 주시겠지! 왜냐하면 나는 그 누구보다 빠른 펫이니까.

루펜달은 아주 공손한 태도로 레드 스톤을 건넸다.

한주혁이 그걸 받아 들었다.

"별로 마음에 와닿는 조건은 아니네요."

파란마음 이사는 눈으로 직접 목격한 이 괴이한 사실에 충격을 받아야만 했다. 영상으로 보는 것과 실제로 보는 것에는 큰 차이가 있었다.

어느 정도 연출력이 가미된 영상이겠거니 했는데, 실제로 보니 실제가 더 비현실적이었다. 신성이 개박살 난 것도 이해가 됐다. 레벨 60대 이상 플레이이 여러 명이 들러붙어서 몇 시간씩 잡아야 하는 몬스터들을 단 한 번의 작은 공격으로 몇 마리나 죽여 버리다니.

캡틴이 고개를 갸웃했다.

"이상하군요."

한국, 뭔가 돈 세는 방법이 이상하다.

"5억 달러입니다만……."

불과 얼마 전까지 소시민이었던 한주혁은 속으로 많이 놀랐다. 그리고 스스로를 책망했다.

아, 5억 달러였구나. 내가 그릇이 너무 작았구나. 그런데 문득 생각해 보니 이거 조금 이상하지 않은가.

"엘진에서도 단위가 달러였나요?"

"……아닙니다. 원이었습니다."

오히려 황당해하는 사람은 캡틴이었다.

"What?"

저 정도의 감탄사는 자동해석 되지 않고 원어로 들려왔다. 시스템의 판단 상, '엥?'과 같은 해석보다는 'What?'이 더 낫다고 판단한 모양이었다.

캡틴은 진심으로 황당해했다.

'3억 원? 달러로 30만 달러?'

한국이 인재에 투자하는 돈이 굉장히 적다고 듣기는 들었는데 저 정도일 줄이야. 이 정도 활약을 보이고 이 정도 힘을 가진 플레이어를 영입하려는 데 겨우 30만 달러? 이건 조건 제시가 아니라 지 플레이어를 얕잡아보고 농락하려는 거다. 캡틴은 그렇게 생각했다.

상황이 이쯤 되자 한주혁도 조금 이상한 기분이 들었다. 같은 물건을 사겠다고 오는데, 한쪽은 이사를 내보내서 3억 원을 제시했다. 그런데 또 다른 한쪽은 연합장이 직접 왔다. 그것도 무려 대륙 6개를 건너서 말이다. 그리고 3억보다 더 높은 5억을 제시했는데 심지어 그게 달러란다. 한국 돈으로 치면 대충 5,000억쯤 된다. 당연히 캡틴에게 약간의 호감이 생겼다.

캡틴이 붉은색 창을 땅에 꽂았다. 공격 의지가 전혀 없다는 것을 간접적으로 보여주고 있는 거다.

"물론 귀하가 제 러브콜을 받아들이지 않으셔도 좋습니다. 다만, 귀하가 다른 어딘가와 계약을 할 때에는 저희에게 언질 한 번 정도는 해주시면 좋겠습니다. 저희는 전적으로 귀하의 선택을 존중합니다만……. 저희에게 기회를 한 번 더 주시면 그 기회를 붙잡을 수 있는 결단력이 저희 어벤져스에게 있습니다."

은근히 압력을 가하던 파란마음과는 대조되지 않는가. 한주혁은 고개를 끄덕였다.

"누군가와 계약을 한다면 어벤져스를 가장 먼저 염두에 두도록 하죠."

파란마음 이사는 저도 모르게 인상을 찡그릴 뻔했다. 내놓고 저렇게 말을 한다는 것은 대연합 엘진을 무시하는 것과 다르지 않지 않은가. 당사자를 앞에 두고 저렇게 말을 하다니. 하지만 그녀도 상황을 아는지라 기분 나쁜 것을 티 내지는 않았다.

'어벤져스……. 현금력이 어마어마하다고는 들었지만 저 정도일 줄이야.'

파란마음 이사는 깨끗하게 포기하기로 했다. 물론 이 풀카오가 탐나는 인재인 것은 맞지만 저렇게까지 할 여력은 없었다.

한주혁의 말에 캡틴은 만족한 듯 웃었다.

"저희는 그 한마디를 들었다는 것에 감사하며 이만 물러가도록 하겠습니다."

캡틴은 한주혁과 인사를 나눈 뒤 워프 포탈을 통해 사라졌다.

한주혁이 말했다.

"들으셨죠? 이만 돌아가 주시면 좋겠네요."

"알겠습니다. 부디 좋은 선택하시면 좋겠네요."

파란마음 이사도 발걸음을 돌렸다. 기분 나빴다. 새파랗게 어린 꼬마 같은 남자 놈이 돌아가 달라고 얘기했다. 축객령처럼 말이다. 그녀는 보고를 올렸다.

—회유 가능성 없음. 굉장히 오만하여 자신을 지나치게 높게 평가하고 있음.

그녀는 전화를 받았다.

닉네임 이베를 쓰고 있는 이병운의 전화였다.

—큰어머니, 얘기는 잘되셨나요?

"네가 말한 것처럼 오만방자한 놈이더구나."

—역시 그렇죠? 아주 쓰레기 같은 놈이 운 좋게 힘을 가졌다고 날뛰고 있는 거라니까요. 한국에서 아무리 혼자 잘나 봤자 소용없을 텐데. 그렇죠?

"그렇지."

한주혁과의 만남은 파란마음에게 매우 불쾌한 만남이었다. 그 눈빛부터 말투까지 전부 마음에 안 들었다. 대연합의 이사에게 마땅히 보여야 할 존경심 같은 것이 전혀 없지 않은가.

—그럼 큰어머니, 상부에서는 어떻게 할 예정인가요?

"글쎄. 혼자서는 아무것도 할 수 없다는 것을 보여줘야 하지 않을까?"

이베는 속으로 만세를 불렀다. 좋다. 아주 좋은 상황으로 흘러가고 있다.

–제가 저번에 말씀드린…… 그 주머니는 꼭 좀 되찾아주세요. 아주 중요한 것들이 들어 있어요.

"알겠다."

이베는 그나마 조금 안심했다. 그 미친놈. 무슨 속셈인지는 모르겠지만 대연합 신성에 이어서 대연합 엘진까지도 적으로 만들지 않았는가.

'그 주머니만 되찾으면…….'

일단은 그게 제일 중요했다.

한편, 한주혁은 한 통의 전화를 받았다. 모르는 번호였다.

'누구지?'

전화를 받아봤더니 이게 웬걸.

–아저씨, 잠깐 만나면 안 돼요?

천세송이었다. 아무래도 세아가 번호를 알려준 모양이다.

한주혁은 인상을 찡그렸다. 게임 내에서는 그렇다 치고 여기서도 아저씨라니. 단순히 그 호칭 자체가 문제 되는 것은 아니었다. 그러나 게임 속에서의 관계를 현실에서도 보여주면 좀 문제가 있다. 현재 그는 절대악. 올림푸스 내에서야 어마어마한 힘을 가지고 있다지만, 현실에서는 아니다. 겉으로 보기에는 그냥 평범한 소시민이다.

'세아도 그렇고. 주의를 좀 주는 게 좋겠어.'

그래서 약속을 잡았다.

―제가 그쪽으로 갈게요.

"알았어."

약속한 커피숍에 먼저 도착한 사람은 천세송이었다. 늦지 않게 조금 서둘러서 왔는데 약속 시간보다 20분이나 일찍 도착했다.

혼자 앉아서 기다리는 사이, 한세아도 도착했다.

"어! 언니!"

한세아와 천세송이 같은 테이블에 앉자마자 커피숍 내에 있던 대부분의 남자들이 그 둘을 쳐다봤다. 한 테이블에서는 싸움이 일어났다.

"보지 말라고."

"안 봤어."

"봤잖아."

"안 봤다니까?"

"봤잖아! 지금 저 여자애 봤잖아!"

한세아도 한 커플이 싸우는 걸 듣고 말았다. 한세아가 목소리를 낮췄다.

"너 또 커플 브레이커 시전했어."

"내가?"

정작 본인인 천세송은 주위에 별로 관심이 없는 것처럼 보였다.

"그래. 저기 네 기준 뒤쪽 6시 방향에 있는 커플. 안 그래도 저 남자가 넋 놓고 쳐다본다 했다. 결국 싸우네."

한세아는 고개를 절레절레 저었다. 천세송과 함께 있으면 별별 일이 다 일어난다. 단순하게는 길거리 캐스팅에서부터 모델 제의, 헌팅 같은 것들. 그런 건 아주 일상적이고 평온한 일이다. 일상적이지 않은 걸로는 방금과 같은 커플 브레이킹이라든가.

"저번에 또 사고 냈다며?"

자동차 운전자가 천세송을 쳐다보다가 사고가 나기도 한다. 한세아가 직접 본 것만 두 번이었고, 이번까지 합치면 세 번.

"내가 낸 거 아니다, 뭐."

"그래. 네가 낸 건 아냐. 네 사기적인 외모가 열일 했을 뿐."

한세아는 천세송에게 좀 더 객관적인 사실을 말해주기로 했다.

"그 경찰 아저씨랑 보험담당자가 네 얼굴 보더니 납득했다?"

"뭐가?"

"너는 그때 바쁘다고 갔잖아. 그때 운전자가 그랬어. 저기 저 사람 쳐다보다가 전방주시 못 해서 앞차랑 박았다고. 경찰이랑 보험사랑 둘 다 남자였는데, 네 얼굴 보고 나서 아…….

하고 납득하더라."

그건 그렇다 칠 수 있다. 백 번쯤 양보하면 납득할 수도 있다.

"근데 제일 어이없는 건, 사고 난 당사자도 네 얼굴 보더니 납득하더라고."

"이상한 사람들이네."

"그치? 사고가 났으면 당연히 화가 나야 하는 건데."

정말 믿을 수 없게도, 그랬었다.

그사이에 또 웬 잘생긴 남자가 천세송에게 다가와 한눈에 반했다며 번호를 물어봤다.

천세송은 미안한 듯 웃으면서 이렇게 대답했다.

"죄송해요. 저 남친 기다려요."

"……아. 그러시구나."

보통 남친 기다린다고 하면 알아서 포기하곤 한다. 그런데 이 남자는 조금 끈질겼다.

"꼭 사귀자, 이런 얘기는 아니고……. 너무 예쁘셔서 그냥 식사라도 한번 하면 어떨까 해서요. 제가 근사한 데서 대접할게요."

"저 고딩이에요."

"나이가 뭐가 중요하겠어요? 바깥에 저 차 보이세요? 제 차거든요. 같이 드라이브 한번 안 할래요?"

천세송은 밖을 쳐다봤다. 바깥에는 주황색 납작한 차가 보였다. 그녀는 차에 대해서 잘 모른다. 그냥 비싼 차 같았다. 그녀가 보기엔 그냥 스포츠카였다.

한세아는 고개를 절레절레 저었다. 저 남자, 또 용 쓴다, 용써. 천세송이 제일 싫어하는 사람이 저런 사람이다. 내 차 좋지? 그러니 어서 나한테 넘어와. 이런 스타일. 어차피 쟤는 무조건 퇴짜다. 애초에 천세송이 누군가에게 번호를 주는 것을 본 적이 없다.

"어, 저기 오빠 온다."

한세아가 한주혁을 먼저 발견했다.

"오빠!"

손을 흔들었다. 한주혁이 자리에 도착하자, 남자는 불필요한 싸움을 피하고 싶었는지 자리를 옮겼다.

한주혁이 인사를 건넸다. 그의 인사는 그렇게 아름답지 못했다.

"너네 진짜 혼나고 싶냐?"

한세아는 확신하고 있던 중이었다.

저 오빠가 세송이를 현실에서 못 만나봐서 꼬맹이, 꼬맹이 하면서 막 대하는 거라고. 실제로 얼굴을 보면 절대로 그러지 못할 거라고 생각하던 중이었다.

그런데 이게 웬걸. 오프라인에서 실제로 얼굴을 보는 건 오늘이 완전히 처음이었는데, 처음으로 건넨 말이 '너네 진짜 혼나고 싶냐?'였다.

한세아가 고개를 갸웃했다.

"……오빠?"

우리가 뭐 잘못했나? 천세송을 쳐다봤지만 천세송 역시 순진한 눈망울로 눈을 깜빡일 뿐이었다.

"원래 오프에서 만날 생각은 없었어."

어차피 비즈니스 파트너 같은 거니까. 비즈니스 파트너는 비즈니스적인 공간에서만 만나면 된다. 한주혁은 그렇게 생각했다. 한주혁이 지금 커피숍에 나온 건, 매일같이 얼굴을 마주 보고 일하는 회사 사람 혹은 바이어 등과 밖에서 또 만나는 것과 비슷했다.

"근데 너희 하는 행동들 보니까, 직접 얼굴 보고 주의를 좀 줘야겠다 싶어서 나온 거야."

"……."

한주혁은 인상을 찡그렸다. 아, 재가 천세송이구나. 세아가 그렇게 예쁘다고 칭찬하던. 예쁘긴 예쁘다. 진짜 눈 돌아갈 만큼 예쁜 건 인정한다. 근데 그래 봤자 미성년자다. 미성년자 예쁘다고 진짜 눈 돌아가면 그건 사람이 아니고 짐승이다. 적어도 한주혁은 그렇게 생각했다.

"잘 들어. 우리의 관계는 세상에 알려져서는 안 되는 관계야. 알아듣지?"

“…….”

한세아도 천세송도 저 말이 무슨 말인지는 이해했다.

“너희들의 사소한 말 한마디, 진짜 사소한 행동 하나, 그런 것 모두가 단서가 될 수 있다는 거야. 오프에서 신상 털리지 않도록 조심해야 한다고.”

한주혁이 대놓고 인상을 찡그렸다.

천세송이 움찔 놀랐다. 그녀는 이런 남자 처음 본다. 처음 봤는데 혼내는 남자. 너무나 생소한 경험이고 워낙 경험해 보지 못한 상황이라 조금 무섭기까지 했다.

“너도 조심해. 거기서 부르는 호칭이랑 여기서 부르는 호칭 완벽하게 구분하고. 거기서 쓰는 말투랑 여기서 쓰는 말투. 완전히 달라야 할 거야.”

사실 따지고 보면 굳이 그렇게까지 할 필요는 없다. 올림푸스 세계는 해킹이 불가능한 세계다. 단 한 번도 해킹이 성공한 적이 없다. 올림푸스는 오로지 여의도를 장악하고 있는 제우스만의 세계니까. 일부러 조금 과장해서 얘기를 하는 거다. 더 조심하라고. 덜 조심하는 게 문제가 되지 더 조심하는 건 별로 문제가 안 된다.

“세아는 몰라도 특히 너. 닉네임 어디 가서 절대 발설하지 말고. 나랑 친분 있는 것도 말하지 말고. 오프에서 만남은 최대한 자제하고. 네 클래스에 관한 것 어디 가서 털끝만큼도 얘기하지 말고. 알겠냐?”

"……."

천세송은 당황한 나머지 말을 잇지 못했다. 아주 잠깐, 어버어버하고 할 말을 찾지 못했다.

"알겠어, 모르겠어? 왜 대답이 없어?"

"……아, 알았어요."

한세아가 한주혁의 팔을 붙잡고 살짝 흔들었다.

"오빠, 왜 그래? 세송이가 아직 그렇게 크게 잘못한 것도 없는데. 세송이 지금 엄청 놀랐잖아."

오빠 말이 틀린 건 아닌데 첫 만남에 굳이 이렇게까지 해야 되나 싶었다.

"너도 집 가서 혼날 줄 알아. 내 번호를 누가 내 허락도 없이 뿌리래?"

"아니, 우리는 파트너니까……."

한주혁은 한숨을 내쉬었다. 전략적 파트너인 건 맞는데 그걸 저렇게 대놓고 말하면 안 된다. 저희들끼리야 상관없지만 안에서 새는 바가지가 밖에서도 새는 법.

"누가 파트너야?"

실질적으로는 파트너지만, 적어도 겉으로는 연결고리가 없어야 했다. 한세아는 7번 성좌 순백의 마도사고 한주혁은 절대악이니까.

"행동 똑바로 해, 둘 다. 알겠어? 어딜 가든 입조심하고."

한세아와 천세송은 얼떨결에 고개를 끄덕였다. 그 말을 끝으로 한주혁은 자리에서 일어섰다.

"나는 올림푸스에서 처리해야 할 일 있어서 먼저 간다."

천세송이 입을 열었다.

"언니."

"에이, 진짜."

한세아는 입술을 삐죽 내밀었다. 멀어지는 오빠의 뒷모습을 보며 혀를 내밀었다. 차마 욕은 하지 못하고 메롱으로 대신했다.

"아니, 우리를 누가 신경 쓴다고."

하지만 투덜대는 그녀도 알기는 알았다. 조심해서 나쁠 건 없다. 굳이 오프라인에서 만남을 가질 필요도 없다는 걸 안다. 결론적으로 오빠의 말이 틀린 부분은 없었다. SSS등급짜리 메인 시나리오 퀘스트를 진행하고 있는 오빠의 입장에서 보자면 오빠의 말과 행동이 옳다는 것도 안다.

"우리 오빠가 원래 저런 사람은 아닌데……."

그런데 뭔가 조금 이상했다.

"저 아저씨…… 아니, 저 오빠. 멋있는 거 같아."

……응?

"근데 있잖아, 언니. 나 오늘 좀 그래도 평소보다는 쪼끔 예쁘지 않아?"

"……."

뭐라는 거야. 넌 항상 예뻐. 사기적이라고. 아까도 스포츠카 타고 다니는 잘생긴 남정네 하나가 너한테 번호 물어봤잖아. 보니까 여자깨나 울렸을 거 같이 생겼던데.

“너는 언제나 사기야. 그나저나 왜 오프에서 만나자고 한 거야?”

“지 오빠가 나 엄청 못생겼다고 오해할 거 같아서…….”

“진짜 그 이유야?”

그러면 그냥 사진으로 보여줘도 되는데.

“사진은 사진빨이라고 오해할 거 같고.”

천세송은 괜히 민망한지 흠흠, 하고 헛기침을 했다. 얼굴이 조금 붉어졌다.

“어쨌든 그렇게 못생기진 않았다는 걸 증명하고 싶었단 말이야.”

“…….”

한세아는 말을 잇지 못했다. 겨우 그 이유 때문에 오빠 번호를 저렇게 원했나 싶다. 역시 4차원이다.

“진짜 오빠 같았어.”

“……진심이야?”

혼나는 걸 좋아하는 타입인가. 얘가 왜 이러나 싶다. 날 이렇게 대한 사람은 네가 처음이야. 나를 혼내다니. 뭐 이런 건가?

“내 이상형. 언니한테 말했었잖아.”

"그랬었나?"

한세아는 기억을 못했다. 그러고 보니 저번에 들었던 거 같기도 하고.

'그러고 보니…….'

기억을 떠올려 보니 이제 좀 알겠다.

애는 듣기 좋은 말만 해주는 사람, 말만 번지르르하게 하는 사람을 싫어했다. 주위에 그런 사람이 워낙 많아서 그런가보다 했다. 그래서인지, 천세송의 이상형은 다른 게 아니라 '잘못했을 때는 잘못했다고 말해주는 사람. 따끔하게 혼내 줄 수 있는 사람'이었다.

자세히 보니 천세송의 귀가 조금 붉어져 있었다.

"근데 있잖아. 남자들은 너무 어리면 여자로 안 본다던데……."

민망한 듯 웃었다.

"얼른 나이 먹으면 좋겠다."

"……정신 차려."

"언니, 20살은 도대체 언제 와? 오긴 오는 거지?"

한주혁은 올림푸스에 접속했다.

좀 오버해서 혼을 내기는 했다. 어차피 세 사람은 그냥 평범한 민간인이고 누군가가 도청한다거나 감시한다거나 하지는 않는다. '저 사람이 절대악입니다'라고 말을 하지 않는 이상 정체를 들킬 일도 그렇게 많지는 않다. 다만, 들켰을 때의 파장이 너무나 크기에 조심에 조심을 더하는 것뿐이다.

루펜달이 파리처럼 손을 싹싹 비볐다.

"형님, 오셨습니까! 헤헤."

그는 이제 완벽한 펫이 됐다. 시키지도 않았는데 종이를 하나 건넸다.

"형님이 습득하신 아이템 목록을 쭉 정리해 봤습니다. 현재 거래되는 적정 시세. 형님의 정체를 드러내지 않고 적당하게 처리할 수 있는 방법까지도 정리해 봤습니다. 형님 귀찮으시면 안 되니까요! 마음에 드시면 이놈 잘했다, 하고 머리나 한 번 쓰다듬어주시면……. 헤헤."

루펜달은 원래 PVP 전문 플레이어고, 굳이 따지자면 음지의 플레이어다. 신분을 노출하지 않고 아이템을 처분하는 것 정도는 어려운 일도 아닌 듯했다.

한주혁이 씨익 웃었다.

루펜달, 보면 볼수록 마음에 든다. 그래. 파트너라면 이래야지. 시키지 않아도 알아서 척척척.

'나한테 블랙 스톤이 있다는 걸 알면 까무러치겠지?'

일단 이걸 어떻게 처리해야 할지 몰라 갖고 있는 중이다. 약간의 시간을 두고 처리할 방법을 찾아볼 생각이다. 보물 중의 보물. 함부로 마구 처리할 수는 없는 보물이다.

한주혁은 루펜달이 건넨 종이를 살펴봤다. 그가 이번에 획득해서 인벤토리에 넣어놓은 아이템들을 살펴봤다. 일목요연하게, 알아보기 쉽게 정리가 되어 있었다. 전부 팔면 약 7억 골드 정도 될 것 같다.

"잘했어."

"아닙니다. 형님의 발닦개가 되어 열심히 살겠습니다! 인센티브도 필요 없습니다. 그냥 형님 옆에서 떨어지는 콩고물 몇 개 주워 먹으면 됩니다!"

한주혁은 아이템들을 하나하나 처분했다.

그러던 와중, 뭔가 이상한 것을 발견했다.

'이건 뭐냐?'

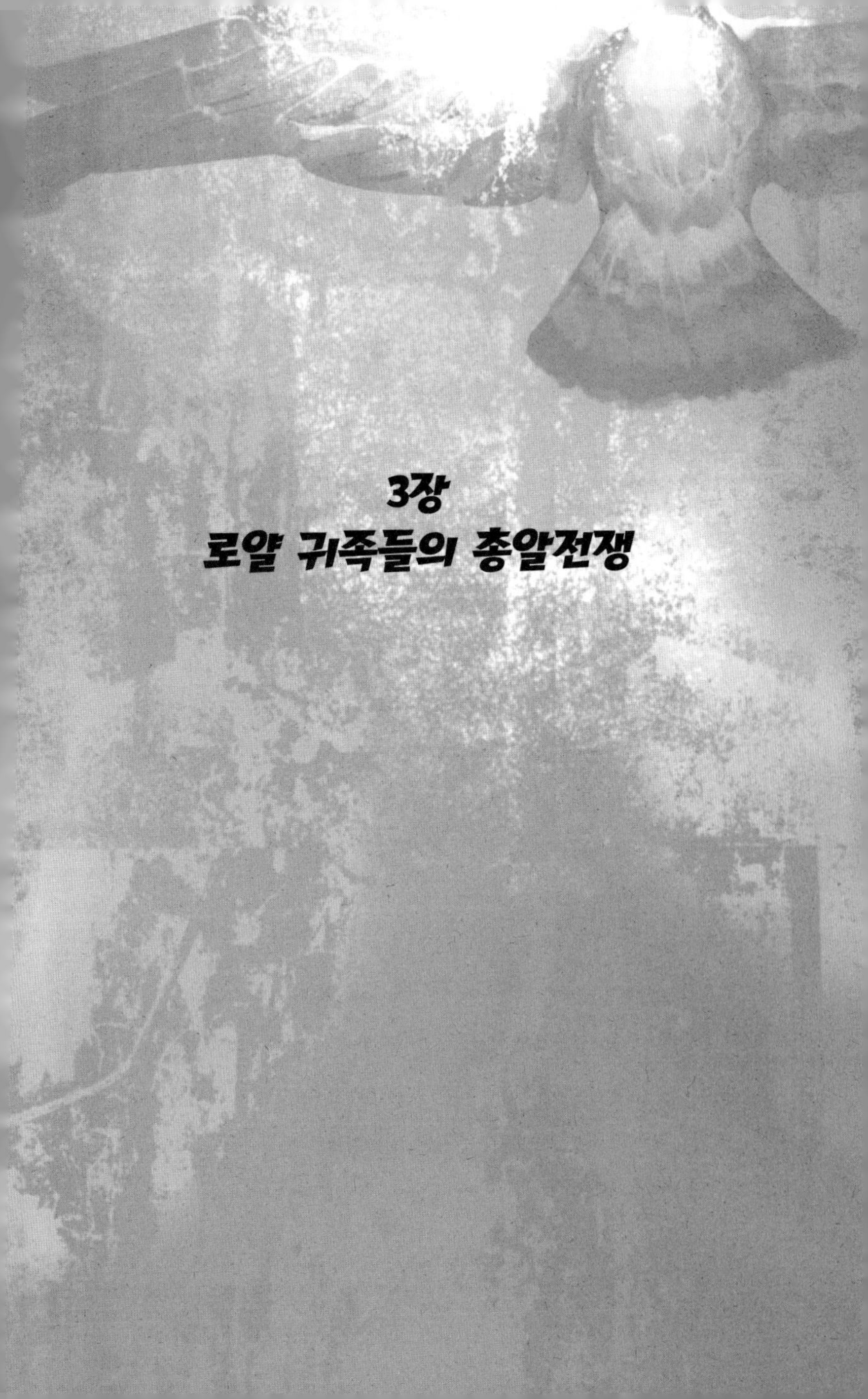

3장
로얄 귀족들의 총알전쟁

이건 좀 이상했다.

'응?'

올림푸스 내의 화폐. 골드는 현실의 금화와 생김새가 비슷했다. 올림푸스의 금화를 나타내는 특수한 각인과 형상이 새겨져 있는 금화. 한주혁은 저번에 엘진의 팀장 이베로부터 5억 골드가 담긴 주머니를 받았었다.

'생긴 게 좀 다르네?'

정말 자세히 살펴보지 않으면 모를 정도로 정교하게 제작된, 모조 금화가 포함되어 있었다.

'아, 그래서 꼬꼬 놈이 안 먹었구나.'

그래서 꼬꼬가 금화를 줬을 때 고개를 저었다는 걸 깨달았다.

'이게 뭐지?'

특별한 아이템인가? 그래서 10억을 제시했나? 아이템이라 짐작되는 그것을 자세히 살펴보니.

'영상 기록 장치?'

영상 기록 장치였다. 영상 기록 장치는 여러 가지가 있다. 가장 흔하게 사용하는 것이 영상 기록 스톤. 올림푸스 매니아와 연동되는 이곳 올림푸스에서 올림푸스 매니아로 영상을 보낼 때 가장 빈번하게 사용된다. 기자들조차도 카메라 대신 이 영상 기록 스톤으로 촬영을 한다. 값도 싸고 공급도 넉넉하다.

"루펜달, 이런 형태의 영상 기록 장치 봤냐?"

"봤죠. 보통 뒤가 구린 새끼들이 많이 씁니다. 영상 기록 스톤 쓰면 될 걸, 굳이 저렇게 교묘하게 숨겨진 아이템을 쓰는 놈들은 뒤가 구린 놈 아니면 희대의 변태 새끼죠."

그래서 한번 살펴봤다. 내용이 가관이다.

-아저씨, 저 아카데미 졸업하면 진짜로 엘진에 취직시켜 주시는 거죠?

순간, 자신을 '아저씨'라고 부르는 천세송이 떠올랐다. 영상 속에는 두 명의 남녀가 있었다. 저번에 봤던 워프 포탈의 팀장 놈과 한 여자애가 보였다. 천세송같이 특별한 경우가 아니면 현실의 얼굴보다 멋있게 혹은 예쁘게 얼굴을 조작하는 것이 트렌드다. 영상 속에는 제법 예쁜 여자애가 하나 보였다.

'애잖아?'

예쁘긴 한데 그래도 애다. 아카데미 졸업을 운운하는 걸로 봐서 아직 10대일 확률이 높았다. 한주혁은 인상을 찡그리고 금화 형태의 영상 기록 장치를 껐다.

영상 기록은 별거 없었다. 한 남자와 어린 여자애가 발가벗고 침대에서 뒹굴었다.

'미친놈이네.'

이런 영상이 한두 개가 아니었다. 대부분이 아카데미 교육생으로 보이는 어린 여자애들이었으며 모두에게 엘진 취직을 약속했다. 실제로 엘진에 취직이 되었는지 어떨는지는 모르겠지만.

"루펜달, 그때 그 카고누스 산맥으로 이어지는 워프 포탈 관리하던 팀장 기억나냐?"

"예, 기억납니다. 제가 아이템 목록 정리하면서 거기 이용했었는데 그대로 있던데요?"

아무런 인사 조치도 받지 않은 모양이다. 아마도 상부에 연이 있겠지. 그렇지 않고서야 그 자리를 비우고 풀카오를 습격했다가 죽었는데 아무런 조치가 없을 리 없다. 모르긴 몰라도 불법으로 축적한 재산이 상당할 텐데.

'호로새끼네.'

한주혁은 정의의 사도가 아니다. 오히려 절대악이다. 이걸 가지고 정의감에 불타오른다거나 하지는 않았다. 그리고 이건 순전히 저놈만의 잘못은 아니었다. 엘진에 취직하고 싶어서 스스로 몸을 내준 저 어린 여자애들도 잘못이다. 영상을 보아하니 달콤한 보상은 제시했어도 강압적인 외압은 없었으니까. 어느 한쪽만 잘못한 건 아니라고 생각했다.

하지만 여동생이 있는 오빠 입장에서 기분은 좀 별로다.

'씁쓸해도 이게 현실이지.'

그리고 이건 현실이다. 한정된 일자리인 대연합에 들어가기 위해서 수많은 청년들이 스스로를 채찍질하고 노력한다.

대연합에 들어가지 못하면 자기들 노력이 부족해서라고 그런다. 대연합 같은 양질의 일자리(그래 봤자 월 300만 원. 그에 비해 집값은 아무리 싸도 몇 억이다)가 지나치게 적다는 생각은 안 하고, 나는 왜 노력을 안 해서 대연합에 못 갔을까, 너는 왜 노력을 안 해서 대연합에도 못 가는 거냐? 등의 사회 인식이 팽배하다.

좋은 일자리는 지나치게 한정되어 있고 그 한정된 일자리는 대연합들이 자처해서 만들었다. 대연합이 아니면 더 높이 올라갈 수 있는 기회는 거의 박탈되어 있고. 그런 와중에 이런 편법을 쓰는 거, 나름대로 이해는 됐다.

그리고 좀 이기적이게도.

'잘 활용하면 대연합을 압박할 카드로 쓸 수 있겠어.'

그런 판단이 섰다. 이 많은 영상이 마음에 들지 않는 것은 사실이지만, 그렇다고 이걸로 정의감에 불타오른다거나 하지는 않았다. 다만, 대연합과 척을 지고 대치해야 하는 상황에서 이런 카드는 많으면 많을수록 좋은 거다.

문득 자신이 걸어야 할 길이 정치와 비슷하지 않나 하는 생각이 들었다.

'아무렴 어때.'

그는 절대악이고 절대악답게 행동하기로 했다. 까짓것, 세계 제패하기로 했으면 해야지.

–요르한.

–예, 주군.

–루니아 대륙 카고누스 산맥 북부로 향하는 워프 포탈을 관리하는 팀장이 하나 있을 것이다. 척살령을 내린다. 안전지대를 빠져나오는 즉시 사살할 것.

이건 정의감과는 거리가 멀었다. 그는 사회질서를 바로잡는 것에는 크게 관심이 없다. 한주혁이 만약 법리적이고 합리적이며 굉장히 이성적인 사람이었다면 적법한 절차를 거쳐 이베를 공격했을 거다.

–이유를 여쭤봐도 되겠습니까?

–마음에 안 들어.

그냥 그게 이유였다. 한주혁은 별로 정의롭지 않았다. 절대악이 되기 전에도 그다지 정의로운 사람도 아니었고.

–명을 받들겠습니다.

에르페스 제국 2대 살수 단체. 살막에서 척살령을 내렸다.

엘진의 팀장. 이베는 올림푸스 매니아에서 여러 가지 글들을 찾아봤다.

"도대체 그 새끼는 누굴까?"

도무지 모르겠다. 갑자기 튀어나왔다. 루펜달과 함께 다니는 것으로 보아 분명 사회 하층민 출신일 텐데.

"뭣도 아닌 평민 새끼가……."

가끔 있다. 흙수저, 그러니까 평민 놈들 가운데에서도 운 좋게 히든 클래스를 얻어서 신분 상승을 하는 경우. 그런 경우는 만 명 중의 한 명 있을까 말까 한 정도지만 어쨌든 없지는 않았다. 그놈의 경우, 만 명 중 한 명이 아니라 한 1억 명 중 한 명이 아닐까 싶긴 하지만.

"근본도 없는 놈들이 힘을 얻으면 꼭 이렇게 설친단 말이야."

그래도 괜찮았다.

어두운 방 안. 그는 흐흐 웃었다.

–대연합 신성. '그'를 절대악으로 지목!

–대연합 신성. '절대악'을 상대로 척살령 선포!

–드디어 밝혀진 절대악의 정체?

글로벌 대연합 신성에서 가장 먼저 앞장서서 '그'를 '절대악'으로 지목했다. 이유들이 그럴듯했다. 사람들은 메인 시나리오라 짐작되는 이 상황에 환호했다.

사실 지난 30년간, 이렇다 할 이벤트가 없었으니까. 올림푸스 매니아는 대부분 사람들의 직장이기도 하지만 또 게임이기도 하다. 메인 시나리오나 스토리가 재미있으면 당연히 좋은 것 아니겠는가. 삶의 활력소도 되고.

"신성을 상대로 네가 뭘 어쩔 건데?"

그래, 무력은 인정한다. 무력이야 뭐 엄청난 수준이다.

레벨 70대 플레이어들이 농락당했다. 그렇다면 이제 레벨 80대 플레이어들이 나서야 하는데, 레벨 80대 플레이어들은 모습을 잘 안 드러낸다.

무력만 치면 지금 그놈의 수준은 가히 최강이라 할 수 있다. 하지만 그 외적인 부분은 턱없이 부족할 것이 뻔했다. 놈은 풀카오고, 지금 전 세계를 적으로 돌리고 있는 모양새니까. 누가 절대악 편을 들겠는가?

뿐만이 아니었다.

-대연합 엘진. 신성의 입장에 적극 동의를 표하다!

-대연합 엘진. 절대악 가능성에 한 표를 던지다.

대연합 엘진에서도 '그'가 절대악일 확률이 매우 높다고 점쳤다. 신성처럼 대놓고 척살령을 내리지는 않았지만 어쨌든 신성에 행보에 힘을 더한 거다. 한국 내 서열 1, 2위의 대연합 두 개가 그렇게 인정했으니 나머지도 곧 따라올 거다.

"외국 기반 대륙으로 넘어가려면 결국 워프 포탈이 필요하지."

각 나라마다 기반이 되는 올림푸스 대륙이 있다. 아예 타국의 대륙으로 넘어가려면 워프 포탈을 반드시 타야 한다.

"상위급 사냥터로 가려면 또 워프 포탈이 있어야 하고."

그런데 그 워프 포탈들을 꽉 잡고 있는 대연합 및 중견 연합들이 길을 내주지 않으면? 언젠가 도태된다. 놈은 일반적인 방법으로는 스텝업 퀘스트조차도 얻지 못할 거다. 대연합이 주도해서 아이템 처리까지 막아버리면 놈은 백수나 다름없게 될 거다.

"혹시 알아? 블랙 스톤쯤 되는 보물이 있다면 또 모를까."

모두가 눈 돌아가는 그런 말도 안 되는 보물. 하지만 그럴 리 없지 않은가. 30년간 단 한 번도 모습을 드러내지 않았고, 30년 전에도 개인이 아닌 대연합 차원에서 얻어냈던 보물이다.

"서서히 말라 죽겠지."

아니나 다를까. 대연합 신성과 1번 성좌 강무석이 주축이 되어 '그'와 거래를 하는 모든 NPC와 연합을 신성의 적으로 간주하겠다는 발표가 있었다. 그 누구도 그와 접촉하지 말고 거래하지 말아야 한다고 했다.

드랍된 아이템들의 목록을 발표하였으며, 그 아이템들을 누군가 한 사람 혹은 한 단체가 처리하면 반드시 역추적을 하겠다고 발표했다. 루펜달과 절대악에 대한 완전 거래 중지. 한국에 기반을 둔 센티니아 대륙, 루니아 대륙, 그렘피아 대륙 공용 거래소에서의 거래도 중지시켰다. 몬스터 스톤을 처리할 길도 사라진 거다.

이베는 피식 웃었다.

"하필이면 무석이를 건드려서."

이베는 강무석을 안다. 강무석은 자기를 건드린 놈은 어떻게든 밟아야 직성이 풀리는 사람이다. 그리고 그 태생이 귀족이다. 자신보다도 더 상급의 귀족. 그 귀족에게 찍혔으니 놈도 한국에서 살아가기란 좀 많이 힘들 거다.

"현실에서 신상 털리지 않도록 조심하고. 병신새끼야."

그리고 현실에서 신상이 털리는 그 순간, 불의의 사고를 당해 장례식을 치러야 할지도 모른다. 아니, 그가 먼저 나서서 처리할 거다. 대충 사고사 처리해도 대연합 엘진이 막아줄 거니까. 어쩌면 강무석이 먼저 죽여 버릴지도.

"사회 하층민들과 우리는 완전히 다른 신분의 격차가 있다는 걸 좀 알아야 할 텐데."

풀카오가 되어야만 하는 상황을 가졌던 사회 하층민. 부모 잘못 만나 돈 없고 힘없는 개돼지 같은 놈들. 그런 하층민들과 자신은 다르니까.

그런데, 하나의 소식이 올림푸스 매니아를 강타했다.

-블랙 스톤. 매물로 나오다.

블랙 스톤이 매물로 나왔다. 전 세계가 떠들썩해졌다. 지난 200년간 겨우 3개의 물량이 풀렸었다. 그런데 갑자기 물량이 풀렸다. 전 세계의 대연합, 아니, 대연합 단위를 넘어서서 전 세계의 국가가 그 블랙 스톤 등장에 열광했다.

"캡틴, 블랙 스톤입니다!"

"블랙 스톤만 있다면 그 프로젝트가 가능해집니다!"

"블랙 스톤이 등장했습니다!"

"블랙 스톤을 어떻게든 구해야만 합니다!"

블랙 스톤을 노리는 단체가 한두 군데가 아니었다. 그건 단순히 에너지를 얻을 수 있는 스톤이 아니다. 거짓말 조금 보태서 만병통치약으로도 사용할 수 있고 또 불로초로도 사용할 수 있다는 말까지 있을 정도다. 물론 진짜 불로초라는 말은 아니지만, 하여튼 그 가치가 무궁무진했다.

블랙 스톤이 가진 에너지는 그야말로 무한에 가깝다고 알려져 있으며 이것을 잘만 활용하면 완벽한 핵우산 시스템을 만들 수 있다고도 전해진다.

실제로 미국은 블랙 스톤을 사용하여 20개 주에 대한 완벽한 핵우산 시스템을 가동 중이라는 공식적인 발표까지 있었다. 그게 30년 전이다. 자연재해까지도 컨트롤할 수 있는 엄청난 에너지를 가진 에너지 스톤.

이게 얼마일까, 어느 정도 가격에 거래될까, 아니, 누가 저것을 가져갈 수 있을까?

세계인들의 관심과 이목이 집중됐다. 그 사이에는 대연합 신성도 있었다.

"반드시 얻어야 합니다!"

몬스터 게이트. 30퍼센트에 육박하는 큰 수익률을 낼 수 있고 나아가 아이템과 몬스터 스톤에 대한 권리까지도 만들어낼 수 있는 몬스터 게이트를 하나 더 만들 수 있다. 블랙 스톤이 있다면. 신성에게는 그 정도의 여력이 있다.

대연합 신성의 대연합장 강무환에게 급박한 보고가 올라갔다.

"대연합장님, 문제가 조금 생겼습니다."

"무슨 문제지?"

"블랙 스톤의 주인이 신성에게는 블랙 스톤을 팔지 않겠다고 합니다."

강무환이 자리에서 벌떡 일어섰다. 어째서?

"이유를 말해봐라."

"그것이……."

이거 진짜. 보고 올려도 되나……? 정말 고민 많이 했다. 그래도 어쩌랴. 말해야지.

"그냥 마음에 안 든답니다……."

한주혁은 기분이 나빴다. 왜냐하면 한국에서 나오는 모든 기사와 뉴스들이 절대악을 비판하고 있었고, 절대악이 하지도 않은 나쁜 일들을 모두 절대악에게 뒤집어씌우고 있었기 때문이다.

'나한테 조금이라도 유리할 법한 건 다 없어졌네.'

역시나가 역시나였다. 무려 글로벌 대연합 신성과 또 다른 글로벌 대연합 엘진이 콜라보를 이루어 언론을 철저하게 통제하고 검수하고 있는 것 같았다. 한국이든 어디든, 언론은 이미 거대 권력의 개가 된 지 오래라고는 하지만 한국은 유독 심한 편이었다. 적어도 한주혁이 느끼기에는 그랬다.

연달아 들려오는 보도를 보면 무슨 말도 안 되는 성추행 의혹부터 심하게는 성폭행, 강간, 살인, 방화 기타 등등. 뉴스만 보면 절대악은 아주 미친놈처럼 묘사가 되어 있었다.

한세아가 벽을 발로 찼다.

"진짜 개 열 받아."

그러고서 발이 아픈지 한참이나 찡찡거렸다.

"바보냐? 왜 네가 차고 네가 아파하냐?"

"오빤 열 안 받아?"

"어차피 다 예상했던 일인데 뭐."

"내가 이거 기사 쓴 애들 다 고소해 버릴 거야."

"나랑 친분 있다고 과시하냐? 오프에서 정체 드러내게? 저번에 혼나고도 아직도 정신 못 차렸지?"

"아씨, 그래도 열 받잖아! 오빠가 언제 이런 파렴치한 짓들을 했어? 와, 이건 또 뭐야? 대연합 기밀문서 빼돌려서 불법 재산 축적? 완전 개소리들 하고 있어!"

뿐만이 아니었다.

"대연합을 배신? 키워준 은혜도 모르는 배은망덕한 놈?"

완전 개소리다. 정말 개소리인데, 그 개소리들을 제법 그럴싸하게 써놨다. 아카데미를 다니지 않고서도 스텝업 퀘스트를 얻을 수 있도록 배려해 줬다나 뭐라나.

"어떻게 이렇게 보도가 편파적일 수가 있지? 아니, 내가 기사를 써도 이거보다는 잘 쓰겠다. 뭔 놈의 SNS 보고 기사를 올려? 이 SNS에 뭐 공신력이라도 있어? 그냥 어떤 놈이 제 맘대로 막 써 갈긴 걸, 왜 마치 사실인 것처럼 떠드냐고!"

한주혁은 피식 웃었다. 한세아가 열 받아 하는 거 이해는 한다.

"어디 가서 티 내지 마. 너는 성좌고 나는 절대악이니까. 성좌씩이나 되는 애가 절대악 일 때문에 화내면 쓰겠냐?"

"진짜 개짜증 나. 다 똥꼬 터뜨려 버릴 거야."

화가 난 건 한세아뿐만이 아니었다.

올림푸스에 접속했다. 천세송, 그러니까 앱솔루트 네크로맨서인 마리안도 화가 많이 난 것처럼 보였다.

"아저씨는 그렇게 나쁜 사람 아닌데. 다들 엄청 나쁜 사람으로 몰아가요."

"알아."

"아저씨가 얼마나 멋…… 아니, 착한 사람인데."

"응?"

"아저씨 사실은 엄청 좋은 사람이잖아요."

……?

내가 애한테 그렇게 좋은 모습을 보여준 적이 있었나? 조금 혼란스러웠다. 첫 대면에서 왕창 혼내고 돌아온 기억밖에 없는데 그거 말고 딱히 신경 써준 것도 잘 모르겠고. 자신이 아주 나쁜 사람이 아닌 건 맞는 거 같지만, 그렇다고 또 엄청 좋은 사람인 것도 모르겠다.

"사실은 아저씨 엄청 좋은 사람이란 거. 나는 알고 있어요."

아마 외모지상주의에 물든 어떤 사람들이 본다면 이렇게 말했을 수도 있다. '뭐야, 못생긴 게. 왜 얼굴을 붉히고 난리야'라고 말이다. 그만큼 현실의 천세송과 올림푸스의 마리안은 상당히 다른 얼굴을 가지고 있었으니까.

어쨌든 한주혁은 이렇게 발표했다.

-블랙 스톤 경매는 11월 18일 금요일. 센티니아 대륙에서 진행합니다. 단, 정확한 장소는 30분 전에 고지하겠습니다.

올라면 오고 말라면 말라는 거다. 하지만 수많은 대연합들은 그것에 수긍했다. 블랙 스톤이다. 30년 만에 처음 모습을 드러내는 보물 중의 보물.

수많은 대연합장들과 대통령들이 이 블랙 스톤을 얻기 위해 눈에 불을 켰다.

-다만, 신성이랑 엘진은 뺍니다. 전 재산 들고 와도 안 팝니다.

신성과 엘진은 보물을 얻을 수 있는 기회조차 박탈당했다.

제4장로. 행정을 담당하고 있으며 한주혁이 제일 무서워하고 있는 장로인 시르티안이 말했다.

"어차피 허튼수작은 부리지 못할 것입니다. 저들은 서로가 잠재적인 경쟁자이며, 블랙 스톤은 누구나가 얻고 싶어하는 보물 중의 보물. 누군가가 나서서 돌발행동을 보이면 또 다른 누군가가 제지할 것입니다. 적으로 적을 다스릴 수 있습니다."

장소를 30분 전에 고지하는 것도 시르티안이 제안한 방법이었다.

"미리 수작을 부려놓지 못할 겁니다. 장소는 제가 물색하여 말씀드리겠습니다."

한주혁은 풀카오다. 제대로 된 경매 시스템을 이용할 수가 없다. 그렇다고 성좌인 동생에게 시킬 수도 없고, 또 그렇다고 천세송이나 루펜달에게 맡길 수도 없다. 그들을 못 믿는 건 아니지만 그렇다고 소유권을 넘겨서 일을 진행하기에 블랙 스톤은 너무 큰 보물이니까.

"모든 아이템 장착을 금지시키도록 하겠습니다."

"그들이 과연 그 말에 수긍할까?"

"수긍하지 않는다면 블랙 스톤을 얻을 기회를 날리는 것이겠죠."

한주혁이 보기에 시르티안은 지금 좀 신났다. 어마어마한 예산을 얻어낼 수 있다고 생각하는 것 같다. 엄청 많이 기뻐 보인다.

"그 어떤 무리한 요구를 하더라도 그들은 주군의 조건에 따를 수밖에 없습니다. 저들 나름대로 대비책도 강구하겠지만."

시르티안이 말을 이었다.

"제1장로 룩소와 제2장로 요르한, 그리고 제6장로 제타를 동행하십시오. 또한 살막의 살수들도 곳곳에 배치해 놓는 것이 좋겠습니다. 무기를 손에 쥐거나 정해진 제스처 이외의 다른 행동을 보이는 순간, 즉각 사살을 명하십시오."

한주혁이 고개를 끄덕였다. 똑똑한 놈이 부하로 있으면 참 좋다. 최소 레벨 80. 어쩌면 그보다 훨씬 높을 수도 있는 NPC들을 11명이나(1명은 아직 한주혁을 인정하지 않았다.) 데리고 있으니 많이 편했다.

"또한 주군께서 참여를 금지한 놈들 역시, 당연히 모습을 드러낼 것입니다."

당연하다. 한주혁이 신성과 엘진의 플레이어를 전부 아는 게 아니다. 몰래라도 어떻게든 참여할 거다. 대리를 내세우든 뭘 하든 해서.

"주군께서 이미 그들을 자극하셨습니다. 그들이 보물을 얻을 수 있는 기회조차 박탈해 버리셨죠. 그렇다면 놈들이 취할 반응은 두 가지로 나뉩니다."

어떻게든 잘 보여서 블랙 스톤을 얻든지.

아니면 분탕질을 쳐서 그 누구도 블랙 스톤을 얻지 못하게 하든지.

시간이 됐다. 센티니아 대륙. '버려진 콜로세움'에서 경매가 열렸다. 한주혁이 내건, 일반적으로 보면 말도 안 되는 조건을 수용하고서 수많은 플레이어가 '버려진 콜로세움'으로 향했다.

그곳에는 신성과 엘진의 플레이어들 역시 신분을 속이고 참여했다.

수많은 대연합 플레이어들이 분통을 터뜨렸다.

"이봐, 어째서 워프 포탈 작동이 안 되는 거야? 돈을 준다고! 10배! 10배 준다고!"

센티니아 대륙의 워프 포탈은 대연합 신성과 엘진의 관리하에 있다고 보면 됐다. 한국 서열 1위와 2위의 대연합. 그런데 신성과 엘진이 관리하는 워프 포탈이 동시다발적으로 고장이 났단다.

"Fuck!"

그들도 안다. 진짜로 고장 난 게 아닐 거다. 한국 대연합들은 비판을 감수하고서라도, 한국 관리 하의 대륙에 있는 보물을 지키려고 하는 거다.

그래서 제국 NPC들이 관리하는 워프 포탈을 이용해야 했는데, 그마저도 사람이 너무 몰려서 시간이 많이 지체됐다. 30년 만에 모습을 드러낸 블랙 스톤의 위용은 엄청났다. 전 세계의 랭커들을 전부 움직였다는 말까지 나오고 있는 판국.

어쨌든 대략 3천 명에 달하는 플레이어들이 '버려진 콜로세움'에 도착했다. 이들을 줄 세우면 아마도, 전 세계 랭킹 1~3,000위까지라고 해도 과언이 아닐 정도다. 대연합을 대표해서 혹은 나라를 대표해서 경매에 참여한 이들. 그 모두가 노아이템 상태다. 한주혁이 내건 소위 '개 같은 조건'들을 전부 수용하고서 이곳을 찾아왔다.

버려진 콜로세움에는 한주혁이 먼저 와서 기다리고 있었다. 한주혁 역시 노아이템 상태. 그의 몸에서 풀카오를 상징하는 마기가 풀풀 뿜어져 나왔다.

"시간이 다 되었으니 경매를 시작합니다."

저번에 창피를 조금 당했었다. 그래서 이번에는 확실히 하기로 했다.

"단위는 골드로 통일합니다."

저놈이 풀카오고 뭐고, 그런 건 중요하지 않았다. 보물 중의 보물인 블랙 스톤을 얻기 위해 순식간에 호가가 올라갔다.

비교적 고급 몬스터 스톤에 속하는 레드 스톤이 5억이다.

누군가가 말했다.

"6,000억 골드."

그 누군가는 공식적 세계 랭킹 14위의 '자이로'. 주황색 검을 사용하는 검객이며 파티가 중시되는 이 올림푸스 세계에서 솔로 플레이를 지향하는, 몇 안 되는 솔로잉 플레이어였다. 어느 대연합의 스폰을 받고 이 자리에 나와 있을 확률이 높았다.

"6,100억."

소시민의 때를 완전히 벗지 못한 한주혁은 침을 꿀꺽 삼켰다.

'6,100억?'

블랙 스톤의 가치가 어느 정도인지, 세계 각국과 대연합들이 어느 정도의 가치를 매기고 있는지는 정확히 모른다. 다만 처음부터 수천억 단위가 나올 줄은 몰랐다. 아직도 소시민의 향기가 많이 남아 있는 한주혁에게 6,000억은 꿈에서도 보지 못한, 지금 생각해도 아득하기 짝이 없는 금액이었다.

'귀족 위의 귀족들이 모인 곳이라 다르긴 다르네.'

일반인들은 상상조차 할 수 없는 금액으로 시작이라니.

"7,000억 골드."

"7,100억."

"7,400억."

"7,700억."

"8,200억."

미친 듯이 올라갔다. 이러다 설마 조 단위까지 나오는 거 아닌가 싶었는데.

"1조 골드."

장내가 숙연해졌다. 1조 골드라니. 그 정도의 현금을 당장 동원할 수 있는 대연합들은 그렇게 많지 않다. 자산은 엄청날지 모르지만 현금 1조 골드라니.

이제 귀족 중에서도 귀족들, 로얄 귀족들의 전투가 벌어졌다.

"2조 골드."

100억 단위로 올라가던 블랙 스톤의 가격은 이제 조 단위로 올라갔다. 한주혁도 이 정도는 생각하지 못했다. 블랙 스톤의 쓰임새가 무궁무진하다고는 하지만, 이 돌멩이 하나에 조 단위라니. 아마 저들에게는 일반인들이 모르는 블랙 스톤만의 가치가 또 있는 듯했다.

"3조 골드."

로얄 귀족. 진성 귀족들 간의 총알 전투가 계속됐다. 시간이 흘렀다.

"7조 골드."

그 이후로는 조금 뜸해졌다. 그사이, 조용하기만 했던 한 남자가 입을 열었다.

"30조 골드."

"……."

그 남자의 얼굴을 본 순간, 모두가 조용해졌다. 수많은 플레이어들이 이렇게 생각했다.

'란돌까지 왔어?'

올림푸스 내 대부호 대륙이 있다. 이른바 '파이라 대륙'. 그곳은 몬스터 스톤이 철철 넘쳐나는 말도 안 되는 기회의 땅이다. 다만 중동 쪽 국적을 가지고 있지 않으면 접속조차 불가능한, 철저히 폐쇄적인 기회의 땅이라는 게 문제지. 몬스터를 사냥하지 않아도 몬스터 스톤이 뿜어져 나오는 광산이 있단다.

누군가가 그 란돌에게 도전장을 내밀었다.

"31조 골드."

그러자 란돌이 피식 웃었다.

"50조 골드."

"……."

그가 피식 웃자 20조가 폭발했다. 파이라 대륙의 대부호 란돌의 위엄에 모두가 경건해졌다. 아무 말도 하지 못했다. 50조 골드라니. 이건 미쳤다.

'작정을 했군.'

파이라 대륙은 엄청난 기회의 땅이고, 그곳에 들어갈 수 있으면 일단 부자의 삶을 예약받은 곳이기는 하지만 타 대륙으로의 이동은 매우 힘들다. 힘들다 못해 거의 불가능에 가깝다고 전해진다. 그런데 파이라 대륙에서 여기까지 왔다? 진짜 작정하고 왔다는 소리다.

제4장로 시르티안의 얼굴에 웃음꽃이 피었다. 50조 골드라니. 50조 골드라니. 50조라니!

800명 인구의 스카이데블 은신처를 먹이고 살리고 입히고 지지고 볶고 튀기고 얼려도 남고 남고 또 남는 어마어마한 금액 아닌가!

그런데 그때.

경매장에서 한 가지 사건이 벌어졌다. 물론, 한주혁과 시르티안이 예상하고 있던 시나리오 중 하나였다.

4장
SSS등급 퀘스트 클리어

한주혁이 제4장로 시르티안과 함께 예측했던 시나리오는 대략 세 가지 정도다.

시르티안이 말했다.

"놈들이 택할 수 있는 가장 하책은…… 그곳에서 분탕질을 치는 것입니다. 그리고 그 분탕질을 치려면 몇 가지 전제조건이 있습니다. 자신들의 힘이 주군께서 로그아웃한 세상에서 엄청난 힘을 가지고 있다는 무모한 자신감이 있어야 한다는 것. 그리고 그 세계의 지도자들이 생각 이상으로 멍청하다는 것. 그리고 시야가 좁아야 한다는 것. 무능한 놈들이라는 것. 이 정도가 될 것 같습니다."

한주혁은 그 말을 듣고 피식 웃었다.

"그럼 하책을 쓸 가능성이 매우 높군."

"대우주의 기운을 전부 통틀어도 이런 바보 같은 짓을 할 권력자들은 별로 없지 않겠습니까? 자신들을 제외한 수많은 이를 전부 개돼지 취급해야만 실행할 수 있는, 무모한 자신감으로 점철된 어리석은 행동일 텐데요."

어, 게네는 우리를 개돼지로 보거든.

그 말은 하지 않았다. 사실 그들이 한주혁을 비롯한 일반 시민들을 개돼지로 보는지, 보지 않는지는 모른다. 다만 대부분의 사람이 그렇게 느낀다. 저들은 평범한 우리 같은 사람, 서민들을 그저 시끄럽게 짖는 개돼지라고 생각하는구나. 한주혁도 그렇게 느꼈다.

시르티안이 말하길 그곳에서 분탕질을 치는 것은 하책 중에서도 하책이라고 얘기했다.

"하책을 사용한다면 그들이 노리는 것은 두 가지 정도로 요약됩니다."

한 가지는.

"주군께서 부리는 수족들이 그곳에 모인 플레이어들을 공격하여 강도질을 하려고 했다거나 부도덕한 일을 벌이려 했다거나. 그러한 식으로 물타기를 할 수 있습니다."

또 다른 한 가지는.

"그곳 관리 감독의 패착을 물고 늘어질 수도 있겠지요. 세계의 유명인사들을 전부 불러 모아놓고 기본적인 원칙도 지키지 않았다, 이런 기본조차 모르는 인간을 어떻게 믿고 거래하겠는가……. 이 정도가 될 것 같습니다."

시르티안이 씨익 웃었다.

"그러나 결코 그렇게 되지는 않을 겁니다. 제 예상에 따르면……. 만약 하책을 사용할 위인들 같으면 '버려진 콜로세움'으로 향하는 워프 포탈을 동시다발적으로 막을 것입니다."

일부러 버려진 콜로세움으로 택했다. 워프 포탈을 이용하지 않으면 30분 내에 도착하기가 거의 불가능에 가깝고 경매를 진행하기 수월한 곳. 몬스터의 출몰이 잦지 않아 경매 진행에 방해가 되지 않고 수많은 인원을 수용할 수 있는 곳. 높은 망루가 있어 제2장로 요르한 휘하 살막 살수들이 '호크 아이'를 사용하여 적들을 감별하기 용이한 곳.

"그리고 그것은 하나의 신호가 될 겁니다. 주군께서 로그아웃한 세상을 지배하는 세력. 한국이라고 하셨습니까? 그 한국을 지배하는 이들이 워프 포탈을 중지시킨다면……. 필시 콜로세움에서 분탕질을 칠 거라는 것을 누구나가 알아차릴 수 있을 것입니다. 세계를 지배하는, 상식이 있는 이들이라면 말입니다."

"……그런가?"

시르티안은 각 상황에 맞는 시나리오와 대처 방안을 보고했다.

"다만…… 이 하책은 실현 가능성이 높지 않으니 그냥 염두에만 두고 계시면 될 것 같습니다."

한 가지를 더했다.

"만약 이 하책을 실행한다면, 두 가지 중 하나입니다. 정말 무지막지한 자신감을 가지고 안면 몰수할 수 있는 뻔뻔함을 가지고서, 민중을 그저 짖는 개돼지로밖에 보지 않는 멍청한 권력자이든지. 아니면 정말 멍청하든지."

이유야 어찌 됐든 그 하책이 실제로 벌어졌다.

동시다발적인 워프 포탈의 고장. 이걸 우연이라 믿는 이는 아무도 없었다.

공식적 세계 랭킹 14위. 그만의 주황색 검을 사용하는 검객 자이로는 주위에 기감을 퍼뜨렸다. 그는 유명한 솔로잉 플레이어고 그것을 위해서는 주변 탐색이 언제나 필수적이었다.

지금 이곳. 그러니까 '버려진 콜로세움'은 노아이템을 유지해야 하지만 그렇다고 '노스킬' 상태를 유지해야 하는 건 아니니까.

'움직임이 느껴진다.'

단순히 움직임이 느껴지는 것이 아니다. 뛰는 심장박동 소리. 긴장하는 혈류의 소리. 그 모든 것이 하나의 정보로 취합되어 자이로의 머릿속에 입력됐다.

'상상 이상의 멍청이들이군.'

언론 자유지수가 바닥을 치고 있다는 건 이미 알고 있다. 그 어떤 짓을 해도 적어도 한국 내에서는 여론전을 펼칠 수 있는 놈들이 신성과 엘진인 것도 안다.

'그만큼 자신감이 있다는 긴가?'

재미있는 건, 자신만 이걸 미리 느끼고 있는 건 아니라는 걸 거다. 이곳에는 세계의 랭커들이 전부 모여 있다.

'가장 가능성 높은 건 자살 폭탄테러겠지.'

그것만큼 밀집 인원에게 큰 피해를 입힐 수 있는 방법은 별로 없다. 막상 폭발할 때까지 낌새를 알아차리기도 힘들다. 다만, 이곳에 모여 있는 사람들이 지나치게 초인들이라는 것이 문제지.

알려지지 않은 랭커들, 수많은 히든 클래스들이 있다지만 어쨌거나 이곳에 모인 이들은 공식적인 세계 랭커들이다. 전 세계 70억 인구 중에서 최상위 3,000명이라는 소리. 퍼센테이지로 따지면 전 세계 0.00005퍼센트에 드는 초고수들이라는 소리다. 10,000명 중 특별히 두각을 드러내는 1명을 보통 천재라고 그런다. 퍼센테이지로 따지면 10,000명 중 1명은 0.001퍼센트다. 이 정도면 천재 맞다. 하물며 0.00005퍼센트.

"절대악께서 너희들을 전부 죽이라고 하셨다."

자살 폭탄테러.

콰과광!

폭발이 일어났다.

그러나 그 누구도 피해를 입지 않았다. 세계 랭킹 21위 수호자란 별명까지 얻게 된 '롤랑'이 광역 방어막을 펼쳤기 때문이다.

한주혁은 피식 웃었다.

'이깨 시르디안이 말한 것에서 한 치의 어긋남도 없냐?'

뭐 이리 상황이 단순하게 흘러가는지 모르겠다. 분명 저놈들은 신성이나 엘진에서 고용한 놈들일 거다.

'하청에 하청에 하청에 하청까지 내려갔겠지?'

용역이라는 한국에 있는 아주 그럴싸한 제도를 써서 말이다. 이곳을 건드리는 위험 부담을 신성과 엘진이 모르지는 않을 터.

그럼에도 불구하고 움직였다는 것은 심증은 있어도 물증은 없을 거란 확신이 있기 때문일 거다. 한국에는 아웃소싱. 그러니까 값싸게 인력들을 동원하여 부릴 수 있고, 문제가 생기면 그 인력사무소를 폐업해 버리면 되는 아주 괜찮은(대연합들 입장에서) 제도가 굉장히 활성화되어 있다.

'재네는 뭔 죄냐?'

풀카오 하나가 만세를 부르며 폭탄을 사용하려 했다.

"절대악의 영광을 위하여!"

그놈은 제2장로 요르한에 의해 폭탄을 사용하기도 전에 제압됐다.

"너 따위가 감히 이곳에서 분탕질을 치는 것이냐?"

요르한은 화가 났다. 어디 감히 피라미 찌꺼기들이 위대한 주군께서 계시는 이 자리에서 추태를 보인단 말인가.

요란한 폭발이 몇 번인가 더 일었지만 피해는 전무한 것처럼 보였다. 과연 세계 최정상 랭커들다웠다. 모두가 이런 상황을 예측이라도 한 듯 동요도 없었다.

대연합 어벤져스. 연합장 캡틴이 귓말을 사용할 것도 없다는 듯 크게 말했다.

"이 정도로는 우리의, 당신에 대한 호의를 멈출 수 없을 것입니다! 이것은 철저하게 외부의 침입이라 단정하겠습니다."

한주혁이 대답했다.

"저는 지금 굉장히 불쾌하군요. 어느 연합 소행인지는 알 수 없지만, 이곳에서 분란을 일으켜서 제게 악영향을 끼치려 했다는 건 틀림없어 보입니다."

게다가 피해가 전무한 줄 알았더니 전무하지는 않았다. 검은 잿더미들이 몇 개 보였다. 그 정도 폭발에 죽을 랭커가 이곳에 있나? 랭커가 아니라 수행원인가? 그렇지는 않을 거다.

"작위적으로 일부러 만들어낸 사망자들도 몇 있고."

어쨌든 한국에서 발표는 이렇게 날 거다. 절대악이 랭커들을 끌어모아 같잖은 수작을 부렸다고. 그러니 절대악의 말장난에 놀아나지 말라고. 사망자까지 발생한 참사가 벌어졌다고. 안 그래도 여론이 매우 나쁜 상태의 절대악이다. 신성이

나 엘진이 마음먹고 움직이면 사회적으로 매장당하는 건 일도 아니다.

“기분이 무척 나쁘네요. 블랙 스톤, 제가 그냥 사용해도 되는데 저보다는 이곳에 모인 여러분들이 훨씬 좋은 곳에 쓸 수 있다 생각하여 매물로 내놓았건만. 인류의 문명 발전과 인류 평화에 기여할 수 있다는 생각에 매물로 내놓았건만.”

물론 아니다. 사실 한주혁은 가지고 있어 봤자 이 블랙 스톤을 어디다 써야 할지도 잘 모른다. 일반인들도 잘 모른다. 저 랭커들도 블랙 스톤의 쓰임새를 전부 공개하지는 않았다.

“두 개 더 있는데. 이건 안 팔랍니다. 뒷공작을 벌인 배후가 철저히 밝혀질 때까지. 저 배후가 밝혀지지 않으면 저는 한국 사회에서 고립될 거고, 타 국가 산하의 대륙으로 넘어가는 것조차 불가능해지겠죠.”

한주혁이 블랙 스톤 두 개를 꺼내 들었다. 어마어마한 자신감이었다. 이곳에서 눈 까뒤집고 덤벼드는 랭커가 있을지도 모를 일인데 말이다. 하지만 다행히 아무도 덤벼들지는 않았다. 서로가 서로를 견제하고 있기 때문이다.

‘진짜다.’

‘진짜 블랙 스톤이다!’

‘블랙 스톤이 3개나 있다고?’

블랙 스톤이 애초에 말했던 하나도 아니고, 두 개도 아니고, 세 개가 있었다. 이건 미쳤다. 저 플레이어가 어떻게 세 개를 얻었는지는 모른다. 다만 저 결과는 진짜였다. 신성에도 실시간으로 보고가 올라갔다.

신성의 대연합장 강무환이 자리에서 벌떡 일어났다.

"그게 정말이냐?"

그가 주먹을 꽉 쥐었다. 손에 쥐고 있던 볼펜이 바스라졌다.

'블랙 스톤이 세 개……?'

하나였을 때와는 얘기가 완전히 다르다. 하나였다면, 그걸 신성이 얻지 못한다면 아마 엄청난 세력을 가진 누군가가 가져갔을 거고 그러면 얘기는 거기서 끝이다. 다른 연합이나 세력들이 절대악을 보호할 필요도 명분도 없다. 그런데 그 블랙 스톤이 아직도 두 개나 남아 있다면?

'어디서 그런 보물을……'

세 개를 공개했다. 그렇다면 더 있을 수도 있다는 일말의 가능성까지 있다. 수많은 대연합과 각종 인사들이 그에게 접촉할 거다. 잘 보이려고. 블랙 스톤을 얻으려고. 블랙 스톤은 그만한 값어치가 있는 보물이니까.

"우리와 연관은 전혀 없겠지?"

"그렇습니다. 심증은 있어도 저희랑 결부시키진 못할 겁니다. 절대로 불가능합니다."

신성은 이제부터 새로운 국면을 맞이해야 했다. 블랙 스톤이 하나가 아니라 두 개가 더 있다. 척살령을 철회하고 친분 관계를 터야 하나?

'아니, 그럴 수는 없다.'

하지만 신성의 체면을 생각해서라도, 한국 사회를 이끌어 온 진성 귀족인 자신의 체면과 자존심 때문이라도 그건 안 된다. 게다가 그놈은 절대악이지 않은가. 이름부터가 절대 '악'이다. 타협해서는 안 된다. 시스템이 이미 '악'으로 규정한 플레이어라는 뜻이다.

'그래도 블랙 스톤을 가진 플레이어인데.'

자존심과 체면을 조금 버리면 몬스터 게이트를 생산할 수 있다. 매년 수조 원의 흑자가 날 거다. 고민이 많이 됐다. 지금 당장 실천은 하지 않을 거지만, 만약에라도 친분을 터야 한다면? 그러려면 어떻게 해야 하지? 어떤 이성적이고 합리적인 판단을 내려야 하는 거지?

같은 시각. 한주혁이 말했다.

"아 참, 신성이랑 엘진한테는 안 팝니다."

신성이랑 엘진은 마음에 안 든다. 신성은 강무석과 만났을 때부터 그랬고, 엘진은 이베를 만났을 때부터 그랬다. 두 놈다 귀족의식이 머리털부터 발톱까지 배어 있는 놈들. 일반적인 평범한 사람들을 흙수저로 치부하며 개돼지로 보는 그 눈빛이 아직도 기억에 선했다.

누군가 물었다.

"이유를 알 수 있습니까?"

"그냥 마음에 안 들어요."

진짜다. 마음에 안 든다. 게임하는 데 이성과 논리적인, 합리적인 판단보다는 감정이 더 중요했다. 적어도 지금 이 시점의 한주혁에게는 말이다.

다만, 한주혁의 선포는 탑 랭커들에게는 약간 다르게 들렸다.

'신성과 엘진이 이 배후라는 것을 암시하는 것일 확률이 크다.'

'신성과 엘진, 이 폭발과의 연결고리를 찾아내면…… 저 플레이어와 거래를 틀 수 있을 것이다.'

'블랙 스톤을 얻고 싶으면 신성, 엘진과 교류하지 말라는 무언의 압박인가?'

그들은 잔뼈가 굵은 이들. 한주혁의 발언을 정치적으로 해석했다. 사실 한주혁은 그렇게까지 심오한 생각은 없었다. 원래 게임에서 마음에 안 드는 놈은 그냥 죽이는 거고 그냥 척살하는 거다. 비록 그것이 돈이 안 되고 경험치가 안 될지라도.

그렇게 며칠이 지났다. 한주혁의 스카이데블에 변화의 바람이 불었다. 그것도 아주 큰 바람이.

한주혁의 요청으로 모두가 자리를 비운 뒤, '버려진 콜로세움'에는 한주혁과 란돌만 남았다.

란돌이 먼저 입을 열었다.

"당신은 풀카오이기 때문에 나와 직접적인 거래는 불가능하겠지요."

"그렇습니다."

한주혁도 란돌의 얼굴을 이미 알고 있다. 란돌은 실제의 얼굴과 거의 유사한 얼굴로 올림푸스를 플레이한다고 알려져 있다. 인터넷에 중동 대부호라고 쓰면, 일단 란돌부터 나온다. 그는 중동 전체를 지배하고 있다고 알려져 있는 대연합 '카타르'의 연합장이기도 했다.

"그렇다면 제가 먼저 이 50조 골드를 건네도록 하지요."

"……예?"

사실 이에 관한 방법도 시르티안과 상의해서 준비를 해왔다. 마치 영화 속에서 밀거래를 하는 것처럼, 서로 간 물건을 확인하고 믿을 만한 수하(보스인 한주혁의 능력이 너무 강하니까)를 통해 물건을 맞교환하는 형식을 취하려고 했는데.

"이것은 장차 세계의 지배자로 발돋움할 자질을 가진 그대에 대한 기본적인 예의라고 생각해 주면 좋겠습니다."

그러면서 50조 골드가 들어 있는 '감소 주머니'를 건넸는데 한주혁이 받아보고 나니 진짜 50조 골드였다. 총액이 정확하게 50조. 몇 번이나 확인했다.

'일. 십. 백. 천. 만. 십만. 백만. 천만. 억. 십억. 백억. 천억.

조. 십조.'

한주혁은 순간 생각했다.

'이대로 튈까?'

이대로 튀면 영영 못 잡을 거다. 하지만 그랬다가는 정말로 전 세계인을 적으로 돌리게 되겠지. 중동 국가 전체를 적으로 돌리는 미친 짓이다. 또 다른 곳에 블랙 스톤을 팔 수도 없게 될 거고.

그렇게 거래는 잘 마무리됐다. 한주혁은 새삼스레 이 남자의 지갑에 대해 놀랐다. 세계에서 제일가는 대부호라는 사실은 알고 있었지만 이렇듯 생판 처음 보는 남인, 그것도 '절대악'일 가능성이 매우 높은 자신에게 선뜻 50조라는 거금을 먼저 내밀다니.

이게 있을 수나 있는 일인가? 평범한 소시민이었던 한주혁의 머리로는 이해할 수 없었다. 50조는커녕 50만 원도 함부로 못 넘긴다.

'어마어마한 배포군.'

괜히 궁금해져서 한번 물어봤다.

"블랙 스톤을 어디다 쓰실 생각입니까?"

란돌이 진지한 얼굴로 대답했다.

"관상용입니다."

"……."

한주혁은 순간 아무런 말도 하지 못했다. 이 왕족, 뭔가 미친 거 같다. 관상용으로 블랙 스톤을 구입해?

"……농담입니다."

그런데 그게 농담같이 들리지 않았다는 거다. 대단하다면 대단한 인간이었다.

"아프리카 대륙에 기부할 생각입니다."

"……예?"

이번에는 아까보다 더 황당해졌다. 블랙 스톤을 50조나 주고 사서 그걸 또 기부한다고?

"무한동력 발전기가 필요한 모양이더군요. 블랙 스톤은 스스로 막대한 에너지를 내는 강력한 에너지 스톤. 과소비만 하지 않는다면 또한 블랙 스톤의 수명이 다하지 않는다면, 최소 수십 년간 아프리카 소부족들의 전력난을 해결해 줄 수 있을 겁니다. 이것이 기초가 되어 사회 기본 인프라를 설립해 나갈 수 있겠죠."

"……."

아무리 생각해도 이 남자는 미쳤다. 블랙 스톤으로 기부라니.

물론 순수한 기부 목적은 아닐 거다. 이 블랙 스톤을 통한 수많은 연구를 할 거고, 그 연구 성과를 가지고 아프리카에서 먼저 시험해 보는 것일 수도 있다. 개발이라는 허울 좋은 명분으로. 그런데 재미있는 건, 이 남자의 표정과 말투에서 그런 가식적인 기운이 전혀 느껴지지 않는다는 것.

란돌은 평소에 생각하고 있던 바를 굉장히 자연스럽게 말했다.

"우리 왕족은 다른 사람들보다 훨씬 많은 것을 이미 가지고 태어났고, 그것을 누리고 살아가고 있습니다. 우리는 많은 권리를 가지고 태어났습니다. 많은 권리에는 그만큼 많은 책임이 따르는 법. 그게 제가 생각하는 정상적인 세계입니다."

이 말은 하지 않았다.

'그런 의미에서 한국은 굉장히 독특한 경제구조를 가지고 있더군요.'

참았다. 무례가 될 수 있는 말 아닌가. 그의 생각으로는 지금 민중봉기가 일어났어도 100번은 더 일어났어야 할 상황인데, 한국은 조용했다.

어쨌든 거래는 완료됐고 란돌의 뒷모습이 멀어졌다. 한주혁은 란돌의 뒷모습에서 깊은 감명을 받았다.

그런데 그 감명이 정작 본인의 일로 다가오자 얘기가 조금 달라졌다.

시르티안은 신났다.

"기본적인 사회 인프라를 처음부터 새로이 설립해야 할 것입니다."

위대하신 절대자께서 무려 50조 골드의 현금을 가져오셨다. 50조 골드라니. 어마어마한 예산 아닌가. 위대하신 절대자께서는 저 50조 골드의 대부분을 이곳, '스카이데블의 은신처'에 투자하시겠다 약속했다. 이 어찌 위대한 결정이 아닐 수 있으랴.

"그리하여 천도를 추천하는 바입니다."

"……천도……?"

천도씩이나?

수도를 옮기는 것을 천도라고 그런다. 아니, 근데 애초에 수도라고 부를 만한 그런 게 있어? 끽해야 인구 규모 800명의 소규모 마을인데.

"마침 마땅한 곳이 있습니다."

천도할 곳도 미리 다 물색해 놓은 것 같다.

"뒤로는 깎아지는 듯한 높은 산이 있습니다. 그 산세가 굉장히 험해 외세가 침략할 수 없는 구조입니다. 몇몇 요소만 잘 차단하면 십만의 군사로 백만 대군을 막아낼 수 있는 군사적 요충지라 할 수 있습니다."

"……."

"또한 앞으로는 거대한 강이 흐르고 있어 용수 공급에 매우 유리한 형태를 하고 있습니다."

"……."

"뿐만 아니라 성벽 건설과 더불어 온갖 마법진을 설치하기에 더없이 유리한, 최적화된 장소입니다. 그간 머릿속으로 그리기만 했을 뿐 감히 실현할 수 없었던 꿈의 장소입니다."

한주혁은 자신의 그릇에 탄복하고 말았다.

'아. 이거 진짜 생돈 나가는구나.'

란돌은 50조를 그냥 퍼퍼 쓰는데. 그것도 현실에서. 그런데 자신은…….

"초기 예산은 약 10조 골드 정도 들지 않을까 합니다."

10조 골드에 속이 이렇게 쓰릴 수가 없었다.

"하나 언젠가, 에르페스 제국의 침략을 대비한다면 국방에 훨씬 큰 투자를 해야 할 것으로 사료되옵니다."

"……그래."

자세한 수치는 듣지 않았다.

'천조국의 국방비가 1년에 천조라고 했다……!'

그래, 그걸 생각하자. 나는 절대악이고, 이 세계를 제패해야 할 운명을 가진 사내다. 세계 제패의 첫걸음. 본진부터 잘 지켜야 하는 거 아니겠는가.

게네는 국방비만 1년에 1,000조인데 나는 그래도 모두 다 통합해서 10조잖아. 훨씬 싸게 먹히는 거지. 젠장. 그렇게 생각하기로 했다.

시르티안은 내내 행복한 미소를 보이며, 한주혁이 전에도 보지 못했고 앞으로도 보지 못할 만큼의 사람 좋은 얼굴로 청사진들을 쏟아냈다.

시르티안이 말하는 '천도'는 '스카이데블의 은신처'라는 기괴한 이름을 가진 필드 속에 위치하고 있는 '나안'이라는 지명을 가진 곳이었다.

나안으로의 대규모 이주가 시작됐고, 그곳에서는 시르티안의 도시계획에 따라 하나의 도시가 건설될 예정이었다.

과거 유행했던 게임인 스타크래프트로 비유하자면, 한주혁은 지금 'Show me the money'와 같은 돈 치트키를 치고서 건물을 마구 올린다고 보면 됐다. 건물의 크기나 중요도에 따라 약간씩 다르지만 시르티안의 보고에 따르면 평균 45일 정도면 일반 건물들은 완성이 될 거라고 말했다.

한주혁은 나안을 둘러봤다. 뒤로는 산, 앞으로는 강, 아침부터 저녁까지 따뜻한 햇볕이 내리쬐는 굉장히 넓은 평야지대. 가장 먼저, 가장자리에 성벽이 저절로 천천히 건설되고 있었다.

시르티안이 흥분해서 크게 말했다.

"이곳이야말로 위대한 행보의 첫 발걸음이 될 것입니다!"

그의 말이 끝났을 때, 알림이 들려왔다.

—축하합니다!

—퀘스트. 절대자의 귀환이 클리어되었습니다.

한주혁은 어리둥절했다. 갑자기 누군가가 모습을 드러냈다.

"제3장로 렉서. 주군의 길에 무한한 영광과 축복이 있으리라!!"

그 누군가는 갑자기 달려와 한주혁을 껴안고 엉엉 울었다. 한주혁은 이놈을 떼어놓고 싶었다. 제3장로 렉서. 한주혁의 뒤를 호시탐탐 노리고 있던, 대륙 제2대 살수 단체 중 흑화당의 당주 렉서였다. 그는 2미터가 넘는 거대한 몸집을 이끌고 달려와서 한주혁의 바짓가랑이를 붙잡고 엉엉 울었다.

"불충한 저를 용서하시옵소서!"

"……."

"주군의 높은 뜻과 기개와 기상을 헤아리지 못하고 아집과 독선으로 가득 차 있던 저를 용서하시옵소서!"

거대한 몸만큼이나 눈물도 엄청나게 쏟아져 나왔다. 한주혁의 기본 면바지가 축축하게 젖을 정도로.

–축하합니다!

–12장로의 인정을 모두 획득하였습니다!

–SSS등급 퀘스트를 클리어하셨습니다!

한주혁은 렉서의 말을 한 귀로 듣고, 한 귀로 흘리기로 했다. 대충 들어도 어차피 기억은 다 난다. 한주혁의 신체 스탯. 평타만 강한 게 아니다. 기억력도 매우 좋아졌다. 뭐가 어찌 됐든 듣기만 하면 기억은 다 난다.

'SSS등급 퀘스트가 클리어됐다!'

그래. 한 10조 정도 미리 풀었으면 당연히 반응이 있어야지. 그 곁에 있던 시르티안은 흐뭇한 듯 고개를 끄덕였다.

'보상은 뭐지?'

보상을 산정하고 있는 것인지, 시간이 조금 걸렸다. 아니면 퀘스트 내용을 읊어주는 것처럼 렉서가 울음을 완전히 그쳐야 클리어가 진행되는 것인가. 일단 한주혁은 렉서를 일으켜 세웠다.

"렉서, 스카이데블을 향한 네 충정심과 사랑은 익히 알고 있었다. 또한 너는 너보다 약한 자를 네 주군으로 인정할 수 없었겠지. 내 그 모든 것을 이해한다. 너의 뜻을 존중한다. 지금이라도 우리 스카이데블의 12장로가 모두 힘을 합칠 수 있게 되었다는 것이 아주 기쁘구나."

자리에서 일어섰던 렉서는.

"충!!"

이라고 크게 외치며 또다시 무릎을 꿇고 이마를 바닥에 쿵! 찧었다. 어찌나 세게 쳤는지 땅이 울릴 지경이었다. 그의 이마에서 피가 줄줄 흘러나왔다.

'원래 피 잘 안 나는데.'

특수한 경우에만 피가 난다. 피가 나는 것 대신 H/P가 줄어든다. 죽어도 검은 잿더미가 되고. 아마 퀘스트 진행의 일부분인 것 같다. 한주혁은 공용 힐을 사용해서 렉서의 이마를 치료해 줬다. 렉서가 감동받았음은 두말할 필요도 없는 사실.

—보상 산정이 완료되었습니다!

—두 가지 보상이 주어집니다.

첫 번째 보상 알림이 들려왔다.

—중앙 제단을 옮길 수 있는 권능을 부여합니다.

—중앙 제단을 새로운 수도. 나안의 중심부에 이식할 수 있습니다.

원래 이들이 살던 조그마한 마을 중앙에는 제단이 하나 있었다. 그걸 이동시킬 수 있단다. 지금 당장 한주혁에게 와닿는 보상은 아니었다. 하지만 한 가지는 확실했다. 이건 메인 시나리오와 관련이 있는 보상이었다.

이게 왜 필요한지, 어디에 쓰는 건지 차후에는 분명히 밝혀질 보상.

그리고 또 알림이 이어졌다.

—두 번째 보상이 주어집니다.

그런데 잠깐 알림이 끊겼다.

'뭐냐?'

왜? 갑자기?

─두 번째 보상을 보류합니다.

─플레이어에게서 '진 파천심공'과 '절대악'의 기운을 확인합니다.

─한 가지 조건을 추가 만족 시, 향상된 등급의 보상을 획득하실 수 있습니다.

한 가지 조건을 추가 만족? 그게 뭐지? 원래부터가 SSS등급의 퀘스트였다. 물론 이게 엔딩 퀘스트는 아닐 터. 연계 퀘스트로서 이후에 진행해야 될 내용이 많이 있을 것이다. 그렇다고는 해도 어쨌거나 SSS등급이라는 건 틀림없는 사실이다. 그러한 보상에서 더 향상된 등급의 보상이라고?

SSS등급보다 더 향상된 등급. 한주혁은 그게 뭔지 감이 오지 않았다. 황급히 퀘스트 창을 확인했다.

5장
승마공주

—두 번째 보상을 보류합니다.

—플레이어에게서 '진 파천심공'과 '절대악'의 기운을 확인합니다.

—한 가지 조건을 추가 만족 시, 향상된 등급의 보상을 획득하실 수 있습니다.

원래부터 SSS등급의 보상. 그런데 그보다 한 단계 향상된 보상이란다.

'보상 조건 확인.'

그런데 그 보상 조건이 괴이하기 짝이 없었다.

—블랙 스톤 1개가 필요합니다.

한주혁은 순간 아무런 말도 하지 못했다. 뭔 놈의 보상이 블랙 스톤이 필요하단 말인가?

'하나에 50조짜린데.'

정확한 시세조차 형성되어 있지 않다. 잘은 몰라도, 또 판다면 50조에 팔 수 있을 거다.

'미친.'

뭐랄까. 버는 돈도 엄청난데 나가는 돈도 엄청난 것 같은 느낌적인 느낌이랄까.

'그래도 해야지.'

사실 돈은 이제 그에게 무의미하다. 50조, 아니, 50억만 있어도 평범하게 평생 사는 데 별로 지장이 없다. 한주혁은 이제 단순히 돈을 벌기 위해서가 아니라 메인 시나리오를 진행하기 위해 올림푸스를 플레이하고 있는 거다.

―블랙 스톤 1개를 소모합니다.

―소모된 블랙 스톤은 복구되지 않습니다.

한주혁이 고개를 끄덕였다. 속은 쓰렸지만 블랙 스톤보다 훨씬 더 큰 값어치의 무언가가 주어지리라.

―두 번째 보상이 주어집니다.

―강제 전직이 진행됩니다.

–클래스명과 칭호의 동기화가 진행됩니다.

한주혁이 귀를 의심했다. 클래스명과 칭호의 동기화? 원래 그가 가졌던 칭호는 천살성이었고, 그것이 업그레이드되어 절대악이 되었었다. 그런데 그 절대악이 이제는 클래스명이 된단다. 이런 클래스도 있나?

'칭호랑 클래스가 같은 경우가 있었나?'

적어도 그가 알기로는 없었다. 말하자면 한세아의 칭호인 '7번 성좌'가 곧 클래스명이 되는 것과 별반 차이 없지 않겠는가.

–클래스명. '절대악'이 활성화됩니다.

–전직이 완료되었습니다.

–절대악 클래스에 대한 특전이 주어집니다.

몇 가지 효과가 덧붙여졌다.

–절대악 포인트 획득 확률이 50퍼센트 증가합니다.

–'어둠'과 '마'와 '악' 속성의 모든 생명체에 대하여 강력한 우위를 가지게 됩니다.

–'빛'과 '성'과 '선' 속성의 모든 공격에 대하여 내성을 가지게 됩니다.

—모든 물리 공격에 대한 방어력이 20퍼센트 증가합니다.
—모든 비물리 공격에 대한 방어력이 20퍼센트 증가합니다.

기본적인 효과가 활성화되고 거기에 더해, 클래스 스킬까지도 활성화됐다.

—절대악 기본 스킬 2개가 활성화됩니다.
—스킬. '악의 공간'이 활성화됩니다.
—스킬. '악의 독려'가 활성화됩니다.

한주혁은 스킬을 살펴봤다.

〈악의 공간〉

절대악 클래스 고유 스킬.
절대악의 권능을 최대치로 발현할 수 있는 공간을 발현.
지속 시간: 20초
소모 M/P: 500
쿨 타임: 15분

한주혁은 고개를 갸웃했다. 정확하게 감이 오질 않는다. 절대악의 권능을 최대치로 발현할 수 있는 공간을 발현한다니?
'소모 M/P가 500이나 되는데 지속 시간은 겨우 20초?'

정확한 건 써봐야 알 것 같았다.

〈악의 독려〉

절대악 클래스 고유 스킬.

악의 공간' 내에 있는 어둠/악/마 속성의 모든 생명체에게 강력한 권능을 부여.

지속 시간: 20초

소모 M/P: 300

쿨 타임: 15분

필요조건: 악의 공간 활성화

알림은 거기서 끝이 아니었다.

–축하합니다!

–전직이 완료되었습니다!

–전직 완료 보상으로 스텝업 포인트 1개가 주어집니다!

한주혁이 씨익 웃었다. 이제는 진짜로 메인 시나리오에 한발 더 가까워진 느낌이다. 클래스부터가 절대악. 제우스가 준비한 메인 퀘스트와 메인 시나리오가 어떤 건지는 모르겠지만 재미있을 것 같다.

'내 능력을 확인할 필요가 있겠어.'

눈물을 펑펑 쏟던 렉서는 주군에게서 뭔가 이상한 기운을 느꼈다. 주군에게 뭔가 심경의 변화가 있는 것 같은 그런 느낌.

"무슨 일이십니까?"

현재 이 자리에는 제4장로 시르티안과 제3장로 렉서가 함께 있다. 한주혁이 말했다.

"내 힘을 확인해 보려 한다."

스킬을 사용했다.

'악의 공간.'

—스킬. 악의 공간을 사용합니다.

—절대악의 권능을 최대치로 발현할 수 있는 공간을 발현합니다!

악의 공간이 활성화되자 수많은 알림이 들려왔다.

—공용 효과 적용!

—힘 스탯이 20 증가합니다.

—민첩 스탯이 20 증가합니다.

—지능 스탯이 20 증가합니다.

—체력 스탯이 20 증가합니다.

—랜덤 효과 적용! 3초간 신성 계열의 모든 공격을 방어합니다.

—랜덤 효과 적용! 비활성화 스킬을 활성화합니다!

—악의 공간 내에서 스킬, 천참격을 사용할 수 있습니다!

공용 효과로 4대 스탯이 20만큼씩 증가하는데, 거기에 더해 두어 개의 랜덤 효과가 적용되는 것 같았다.

'3초간 신성 계열의 모든 공격을 방어?'

아무래도 저 효과가 '성좌들과의 전쟁'에서 크나큰 역할을 할 수 있을 것 같다. 몇 번 더 사용해 가면서 저 랜덤 효과가 어떻게 발현되는 것인지 알아볼 필요가 있었다.

거기에 더해 한주혁은 또 다른 절대악 스킬까지 사용했다.

'악의 독려.'

—스킬. 악의 독려를 사용합니다.

—악의 공간 내에 있는 어둠/악/마 속성의 모든 생명체에게 강력한 권능을 부여합니다!

그와 동시에 렉서가 두 눈을 크게 떴다.

"주, 주군……!"

렉서의 몸에서 검은색 기운이 풀풀 풍겨져 나오기 시작했다. 마치 풀카오처럼 말이다. 렉서만 그런 것이 아니었다. 시르티안의 몸에서도 검은색 기운이 풍겨져 나왔다.

"주체할 수 없는 힘이 끓어오르고 있습니다."

시르티안조차도 이 상황을 믿기 힘든 듯했다.

'지금의 내 상태라면…….'

그는 행정 장로다. 직접적인 무력은 그다지 강하지 않다. 그런데 느낌상으로 이 정도면 제1장로인 룩소와 싸워도 지지 않을 것 같은 느낌이 들었다.

"렉서, 시르티인. 변화가 있나?"

렉서가 주먹을 불끈 쥐었다.

"제가 비록 기습에 특화된 장로이기는 하나, 이 정도 힘이라면 에르페스 제국의 최상급 기사단과도 정면대결을 펼칠 수 있으리라 짐작됩니다."

시르티안 역시 마찬가지였다.

"제3장로 정도는 아니지만…… 저 역시 강력한 힘의 증가를 실감하고 있습니다. 평생 수련한 것보다 더 강력한 힘이 솟구치는 느낌입니다."

그렇게 20초가 흘렀다.

20초. 길다면 길고 짧다면 짧은 시간이다.

'절대악을 위한 안배겠어.'

아마 시간이 흘러서, 적당한 방법만 찾으면 이 20초가 20초가 아니라 200초가 될 수도 있을 거다. 그렇게 되면 7명의 성좌와 싸울 때도 밀리지 않겠지. 은근히 기대가 될 정도였다.

'아, 6명의 성좌랑 싸우는 건가.'

한 명은 동생이니까. 어쨌든 공식적으로는 7명의 성좌와 싸워야 한다. 보다 효과적인 뒤통수를 위해서 동생은 성좌의 역할을 제대로 수행해야 할 거고, 만약 전투가 벌어진다면 정말로 싸워야 할 수도 있다. 결정적인 순간을 기다리면서 말이다.

–'악의 공간'이 소멸됩니다.

–'악의 독려' 효과가 소멸됩니다.

전직을 끝마쳤다. 재미있었다. 절대악에게 이 정도 힘을 몰아줄 정도면, 절대악을 상대해야 하는 7번 성좌에게는 어떤 힘을 줄까. 또 나아가 유저의 일에 그다지 참여하지 않는 에르페스 제국과의 전쟁은?

어쩌면 에르페스 제국을 넘어서서 해외 기반의 다른 대륙을 지배하는 제국과 전쟁을 치러야 할 수도 있다. 그 메인 시나리오의 중심에 한주혁 자신이 있는 거고.

'이 공간을…… 앱솔루트 네크로맨서와 공유하면.'

그럼 시너지 효과가 엄청날 거다. 마리안(천세송)이 사체를 언데드화시키면 생전보다 더 강력한 힘을 가지게 된다. 한 등급이 올라가니까. 그런데 거기에 더해 '악의 공간'과 '악의 독려' 버프를 받게 되면 거기서 또 올라가는 거다.

'세송이랑도 한번 실험해 봐야겠어.'

그때, 재미있는 소식 하나가 알려졌다.

올림푸스 내에서 진행되고 있는 성좌 퀘스트. 7명의 성좌가 모두 확정되었단다.

—모든 성좌의 자리가 확정되었습니다.
—모든 성좌는 올림푸스 시간 기준 11월 20일 00시, 센티니아 대륙 '에르페스 황성'에 집결해야만 합니다.
—집결을 거부할 경우, 성좌의 자격이 박탈됩니다.

7명의 성좌가 확정되었고 그 모두가 에르페스 제국의 황성에서 얼굴을 맞대고 모인단다. 심지어 집결을 거부하면 성좌의 자격이 박탈된단다.

7번 성좌 순백의 마도사인 루나(한세아) 역시 황성의 '대 회의장'에 갔다 왔다.

순백의 마도사이자 절대악의 끄나풀인 한세아가 호들갑을 떨었다.

"오빠, 대박이야."

"뭐가?"

"7명의 성좌 중 5명이 한국인이야. 자동번역 시스템이 필요 없던데?"

한주혁은 고개를 끄덕였다.

'이번 시나리오는 센티니아 대륙 위주로 이루어지는 건가 보네.'

30년 전, '블랙 몬스터 가고일'과 관련된 퀘스트는 미국 위주로 진행됐었다. 이번 '절대악 VS 7성좌' 시나리오는 한국 기반의 대륙에서 진행되는 듯했다.

'절대악이 센티니아 대륙 출신이라서 그런가?'

이유는 어쨌든 상관없었다.

"근데 오빠, 진짜 조심해야 할 거 같아."

"왜?"

"거기서 레벨 공개하는 시간이 있었거든. 그 오빠랑 저번에 싸웠던 그 사람 있잖아."

"강무석?"

"어, 맞아. 그 사람 엄청 엘리트잖아."

맞는 말이다. 대연합 신성의 전폭적인 지원을 받고 어마어마한 성장을 보이고 있는 레벨 50대 플레이어.

"오빠랑 싸울 때가 레벨 50대였는데 벌써 60 넘었어. 아니. 이게 중요한 게 아니라, 60 넘었는데 나 빼고 제일 저렙이야."

"그래?"

"응, 최고레벨이 130이 넘던데?"

"……공식 랭킹에는 없던데."

"그 사람 말에 따르면 진짜 초고수들은 자기에 대해서 안 밝힌대."

공식적으로 세계 최정상급 플레이어의 레벨은 보통 80대다.

“80대로 발표한 사람들 중에는 90 넘는 사람들도 많은데 일부러 레벨을 숨긴대. 일정 부분 힘을 숨기는 게 유리하다나 뭐라나. 뭔가 윗 세계에는 윗 세계만의 암묵적인 룰 같은 게 있대. 정확히 말은 안 해주는데 뭔가 있긴 있나 봐. 아 참, 이거 비밀이랬는데.”

“…….”

레벨 130대?

한주혁은 전혀 모르던 세계다. 레벨 130대의 세계가 있었다는 말도 처음 듣는다. 뭐랄까. 원래는 보지 못하던 미지의 세계에 발을 조금 들이민 것 같은 느낌이다.

‘그 정도 레벨이면 온갖 풀 아이템으로 무장을 하고 있겠네.’

7명의 성좌와 전투가 언제 벌어질지는 모른다. 다만, 아주 마냥 쉽지만은 않을 것 같다. 레벨 130대에 초고가 아이템으로 무장한 히든 클래스 성좌들이라.

“그리고 있잖아. 성좌 퀘스트가 따로 주어졌는데, 그거 때문에 오빠랑 떨어져 있어야 될 거 같아.”

“그래.”

어차피 따로 행동하는 게 좋을 거라 생각했다. 절대악과 7번 성좌가 같이 움직일 수는 없지 않은가.

“7명이 같이 움직이는 퀘스트야.”

“애들 특성이랑 약점 같은 거 잘 알아놔.”

"알았어. 해보니까 나 스파이가 적성에 맞는 거 같아."

한세아는 재미있다는 듯 쿡쿡대고 웃었다. 정말로 스파이 짓이 재미있는 것처럼 보였다.

"근데 오빠 도대체 강무석이란 사람한테 무슨 짓을 한 거야?"

"왜?"

"오빠를 씹어 먹을 거 같던데."

"……내가 뭘 했었나?"

한 번 죽이긴 했는데. 음. 하도 많은 플레이어를 죽였다. 그래서 강무석을 그냥 죽인 사람 중 한 명, 성좌인데 생각보다 약했던 애. 그 정도로만 기억이 됐다.

"하여튼 오빠를 갈아 마실 거래. 눈에서 독기가 뿜어져 나오더라고."

한주혁은 피식 웃었다. 오히려 좋다. 시나리오상 7명의 성좌가 힘을 합쳐야 절대악과 싸울 수 있을 텐데, 분노와 복수심에 불타서 혼자 돌발행동을 하는 놈이 있다면 고마운 거 아니겠는가.

그러다가 문득 한세아가 뭔가가 생각난 듯 말했다.

"맞다! 오빠, 근데 그건 어떻게 됐어?"

"그거?"

그게 뭔가 하고 생각해 봤더니.

"아."

뭔지 떠올랐다.

"네 명의로 아파트 계약 진행할 거야."

"응? 내 명의로?"

한주혁이 일생일대 꿈꿔왔던 거. 그렇게 거창한 건 아니었다. 아파트 한 채에 자동차 하나 정도. 거창하지 않지만 또 거창한 것이기도 했다.

현재 청년층이 한국에서 대출 없이 '내 집 마련'은 거의 불가능에 가깝다 싶을 정도로 힘들다. 특히나 아파트는 그 정도가 더했는데 평범한 일반 연합인이 아파트를 사려면 허리띠를 졸라매고도 한 40년은 모아야 한다.

"진짜 내 명의로 할 거야?"

"어."

한주혁은 란돌을 보면서 느꼈다. 여유란 저런 거구나. 물론 그처럼 50조나 되는 돈을 먼저 선뜻 건넬 수는 없지만, 그래도 동생 명의로 집 한 채 사는 게 뭐 그리 대수겠는가.

"신성의 강무석도 성좌에 포함되어 있고, 이러나저러나 언젠가는 네 신상이 노출될 확률이 높아."

그런데 노출되어도 별로 상관없다. 그 유명한 '성좌'니까.

"성좌쯤 되는 히든 클래스를 가진 애가 금방 부를 쌓아서 아파트를 샀다는 건 그다지 황당한 일은 아닐 거야."

상위급 플레이어들처럼 레드 스톤 좀 얻으면 되는 일이니까.

"내가 오빠 보면서 제일 황당했던 게, 레드 스톤을 얻기가 이렇게 쉬운 거였나? 그런 생각이 들었어."

이런 생각이 들었다.

"스텝업 퀘스트가 특정 연합에 집중되어 있고, 그래서 평범한 사람들은 레벨 50 이상 올라가는 것도 쉽지 않잖아?"

한주혁 주변이 너무 특이한 거다. 200년간 단 세 차례밖에 등장하지 않았던 SSS등급 퀘스트를 클리어하고 있는 오빠, 그에 동참하고 있는 세송, 성좌인 자신 그리고 엄청난 레벨과 재력을 가진 성좌들.

"스텝업 퀘스트를 좀 더 공유하고 사냥터를 풀어주면……. 평범한 사람들도 60까지는 그렇게 안 어려울 거 같은데."

"연합들이 그걸 바라지 않지."

너무 먹고살기 힘들어도 안 되고, 그렇다고 너무 배를 불려줘도 안 된다. 너무 먹고살기 힘들면 반란이 일어나고, 너무 배가 부르면 투정이 늘어난다. 보이지 않던 불합리한 것들까지 보인다.

항간에는 이런 말도 떠돈다. 대연합장을 비롯한 연합장들, 그에 관련한 로열패밀리들, 권력자들. 소위 말하는 '신귀족'들은 대중을 개돼지로 본다고.

"60까지 키우는 데 고생은 좀 하겠지만 집 사기 이렇게 어렵지 않을 텐데."

한주혁은 피식 웃었다. 할 말은 많지만 하지 않기로 했다.

"하여튼 네 명의로 아파트 계약 진행할 거니까 그렇게 알아."

"오예, 내 명의다! 먹고 튀어야지!"

한주혁이 어깨를 으쓱했다. 아파트를 도대체 어떻게 먹고 튄다는 건지는 모르겠다만.

"그럼 척살해야지."

라고 상큼하게, 친오빠답게 대답해줬고 그 상큼한 협박에 여동생인 한세아의 낯빛이 시커멓게 변했다. 그런 동생을 보면서 한주혁 스스로도 놀랐다.

'내 스스로가 겨우 그까짓 걸 먹고 튀어……. 라고 생각하고 있어?'

그가 사고자 하는 강북권의 신축 아파트. 약 34평형 정도 되는 아파트가 대략 5억 선이다. 레드 스톤 한 개의 가격과 비슷하다. 역시 사람은 적응의 생물인 거 같다. 50조를 벌어보니, 5억은 정말 아무것도 아닌 것처럼 느껴졌다. 소시민의 때가 야금야금 벗겨지고 있는 듯했다.

어쨌든 내 집. 아니, 동생 집 마련을 하기로 했다.

부동산 중개인인 이미라는 주변 평판이 매우 좋은 중개인이다. 친절하고 꼼꼼하며 구매자와 판매자 입장을 잘 조율해준다고 소문이 났다.

"어서 오세요."

그녀는 오늘도 최선을 다하기로 했다. 올림푸스 매니아의 땅을 사러 온 것인가. 아니면 현실의 땅을 사러 온 것인가. 어느 쪽이어도 상관없었다.

'젊은 남녀?'

신혼 커플인가? 그녀의 촉이 발동했다. 굉장히 젊은 남녀였다. 남자는 끽해야 20대 중반. 여자는 거의 10대 후반이나 20대 초로 보일 정도.

'분위기가 신혼집을 보러 온 것 같지는 않은데.'

그렇다면?

'사고 쳐서 원하지 않는 결혼을 하는 커플인가?'

뭐 어찌 됐든 좋았다. 어쨌든 고객은 고객이고 그녀는 고객에게 맞는 최상의 상품을 보여주고 거래하면 되는 것 아니겠는가.

한주혁이 말했다.

"집 한 채 보려고요."

이미라는 최대한 상냥한 미소를 띄웠다.

"가격과 위치는 어느 정도 생각하시나요? 생각하신 매물이 있을까요?"

머릿속으로는 이 신혼이라 짐작되는 남녀에게 추천할 만한 매물들을 재빨리 떠올렸다. 고객의 니즈를 파악하는 것이야말로 중개인의 첫 번째 자질이라고 생각했으니까.

'저쪽 돌담길 쪽의 9천짜리 전세?'

너무 낮게 잡았나.

'1억 8천짜리 투룸도 괜찮은 게 있었고.'

조금 더 가격을 올려보자면.

'2억 1천짜리 괜찮은 빌라도 있었어.'

그보다 더 높이 보면.

'2억 7천짜리 28평 신축 빌라도 있었고.'

그녀는 컴퓨터에 의존하지 않고, 그녀의 머릿속에 있는 정보들을 재빨리 상기했다.

자. 그러면 어떤 걸 보실 건가요, 고객님.

그런데 예상치 못한 말이 들려왔다.

"이 위에 새로 생긴 힐스테이요."

힐스테이? 순간 그녀는 귀를 의심할 뻔했다. 최소 평수가 24평인데, 제일 입지 나쁜 건물의 1층 매매가가 4억 9천이 넘는 곳이다. 하지만 당황한 건 아주 잠시였다. 영업용 미소를 띄웠다. 힐스테이에 대한 정보도 그녀의 머릿속에 잔뜩 저장되어 있었다.

"아! 정말 좋은 선택이시네요! 입지도 좋고, 단지 내에 초등학교도 있고, 각종 편의시설이 잘 구비되어 있고, 뒤에 산이 있어서 산책하기도 정말 좋은 곳이랍니다."

이 고객들. 굉장히 젊어 보이는데, 그래도 어느 정도 재력이 있는 것 같다. 부모님으로부터 도움을 받나? 그러니까 저 나이에 5억 원대의 아파트를 보는 것 아니겠는가.

'어떻게 유도해야 하지?'

요즘 금리가 괜찮다. 힐스테이는 은행권과 연결도 잘되어 있는 편이고, 직업만 나쁘지 않다면 대출 승인도 쉽게 나는 편이다. 그녀는 자신 있었다. 최저 금리로 계약을 진행시켜줄 수 있었다.

'다만…… 직업이 괜찮아야 할 텐데.'

꽤 큰 금액을 대출해야 하기 때문에 대연합 정도, 혹은 전문직이어야만 한다. 만약 현금 보유액이 3억 이상 있다면 또 다른 얘기지만, 일반적으로 저 나이에 그럴 수는 없지 않은가.

"구입 방법은 혹시 생각해 놓으신 것이 있을까요?"

거기서 이미라는 신세계를 봤다.

"……예?"

믿을 수 없었다.

"현찰 구입…… 이라구요?"

그것도 일시불?

"골드로도 가능하죠?"

아무리 잘 쳐줘도 20대 중반의 남자가 5억짜리 집을 일시불로 산다고? 대출도 없이? 입이 떡 벌어졌다. 너무나 평범하게 대출을 생각하고 있던 그녀는 스스로의 안목 없음을 자책했다. 아직도 멀었구나. 저런 재력을 가진 사람을 알아보지 못하고 대출이나 생각하고 있었다니. 나는 정말 아직 멀었구나.

"물론이죠! 가능합니다! 집주인과 바로 연락해 볼게요."

오히려 현찰인 '원'보다도 '골드'가 더 안전자산으로 인정받고 있는 현시대다. '원'으로 된다면 '골드'로도 된다. 한주혁에게는 골드가 아주 많고. 스카이데블이 골드를 퍼먹고 있기는 하지만, 그래도 아직 조 단위의 골드가 남아 있다. 조 단위의 골드가 남아 있음에도 불구하고 나름 소시민적인 5억짜리 집에 만족해야 했다.

'너무 눈에 띄면 곤란해.'

비록 세아의 명의로 진행하는 거지만, 그래도 조심할 건 조심하는 게 좋았다. 신성의 강무석이 눈에 불을 켜고 자신을 찾고 있을 거다. 갑자기 돈이 많아진 티를 내면 걸릴 수도 있다.

그래서 생각했다.

'아직 갈 길이 머네.'

이번에 블랙 스톤을 판매하면서 느꼈다. 재력이 됐든 뭐가 됐든, 정말 엄청난 힘을 가지고 있으면 그 누구도 쉽게 건드리지 못한다. 비록 현실에서 힘없는 일반인이라 할지라도, 그 일반인이 블랙 스톤을 수월하게 공급할 수 있는 일반인이라면?

어벤져스가, 아니, 백악관 경호실에서 비행기를 타고 날아와서 한주혁을 지킬지도 모를 일이다.

'소시민에서 벗어나려면…….'

그러려면 힘을 더 키워야 했다. 세력도 더 키워야 했고. 절대악 VS 7개의 성좌 퀘스트가 끝나게 될 때쯤 어떤 상황이 벌어져 있을까를 생각해 보니 문득 재미있다는 생각이 들었다.

한국 내 테이머 중에서 가장 유명한 테이머를 꼽으라면 '유리아'를 꼽을 수 있다. 유리아는 한국 내에서 가장 비싼 유니콘을 테이밍하는 데 성공했다. 이 유니콘의 가격이 정확하게 알려져 있지는 않았지만 최소 수천억 이상 하는 것으로 알려져 있었고, 덕분에 정규 코스를 밟지 않은 그녀가 아카데미 졸업장까지 따낼 수 있었다. 아카데미에서 제공하는 스텝업 퀘스트도 받을 수 있었고.

어쨌든 유리아는 유니콘을 테이밍한 뒤, 화려한 스킬을 뽐내는 영상이 올림푸스 매니아를 통해 퍼지면서 '승마공주'라는 별명까지 얻었다. 그녀가 말했다.

"오빠, 이번에 보기 좋게 깨졌다대?"

"……."

강무석은 순간 인상을 찡그렸다. 하지만 대놓고 기분 나쁜 티를 내지는 못했다.

"……언젠가는 밟아줄 거야."

"그런 날이 빨리 오면 좋겠어. 아, 쪽팔려. 신성의 기대주인데 말이야."

강무석의 원래 성격이었으면 불같이 분노를 표했겠지만 오늘은 아니었다. 유리아 앞이다. 유리아 앞에서는 행동을 조심하는 게 좋았다. 유리아가 무서운 게 아니라, 그 뒤에 버티고 있는 그녀의 어머니가 무섭다.

한국 서열 1위의 대연합. 그곳의 대연합장인 할아버지조차도 그녀의 어머니에게는 한 수, 아니, 두 수 접어주고 들어간다. 강무석이 생각하는 언젠가는 반드시 이루어 내야 할 '신귀족 사회'에서도 최상부에 위치할 로열패밀리가 바로 유리아의 가족이다.

'재수 없는 년.'

겉으로 표시를 내지는 않았다. 유리아의 가족은 겉으로는 드러나지 않은, 그야말로 로열패밀리다. 한국 내에서 레벨 100을 초과한 플레이어는 거의 없다. 외국은 어떨지 모르겠지만 강무석이 파악하기로 레벨 100을 초과한 플레이어는 모두가 닉네임 '태르민'을 쓰는 플레이어의 일가다. 대연합의 직계쯤 되면 모두가 알고 있지만, 일반인들은 전혀 모르는 '태르민 일가'. 그 태르민 일가의 공주님이 바로 유리아였다.

"오빠도 어떻게 운 좋게 성좌의 자리 먹었더라?"

"그렇지."

그걸로 대대적인 홍보를 하고 있던 중 아니었던가. 중간에 절대악이라 짐작되는 그 풀카오에게 사망하여 체면을 단단히 구기기는 했지만.

"잘해봐. 그래도 오빠 정도 되면 우리 가족도 인정할 수 있으니까."

"……고맙다."

여전히 재수 없는 년. 어머니의 도움이 없었다면 아카데미 조차도 졸업하지 못했을 어린애다. 태르민 일가가 아니었다면 아무것도 아니었을 계집이, 자기 힘으로는 아무것도 해낸 것이 없는 계집이 감히 대연합 신성의 이사에게.

'언젠가는…… 이 치욕을 갚아주고 말겠다.'

태르민 일가가 아무리 강력해도 그 중심이 되는 '태르민'이 죽는다면? 그 나이가 벌써 80이 넘었는데 그가 없어진다면 태르민 일가도 붕괴하고 말 거다. 태르민의 딸, 그러니까 유리아의 어머니인 'Siri'가 있다고 해도 말이다. 그때가 되면 언젠가 저 재수 없는 계집을 척살하고 말 거라고 다짐했다.

"그런데 말이야. 출신도 성분도 모를 하찮은 개돼지가 성좌에 발탁되었다며?"

강무석도 이 부분에는 동의했다. 레벨 겨우 40대. 7번 성좌를 얻은 그 계집애. 무려 3명의 성좌를 독점한 태르민 일가가 보기에도 황당한 일일 것이다.

나머지 2명은 외국인이었는데 그에 대한 조사는 그다지 이루어지지 않았다. 다만 7번 성좌인 여자애는 아무리 봐도 귀족은 아니었다. 귀족 특유의 모습이 전혀 보이지 않았다. 그냥 서민 다시 말해 개돼지였다. 강무석과 유리아가 보기에는 그랬다.

유리아는 침을 퉤 뱉었다.

"미친년이네. 나도 성좌가 못 됐는데."

참고로 이곳은 실내. 강무석의 집무실이다.

"그런 날파리가 도대체 어떻게 성좌가 됐지?"

"그게 나도 의문이야."

"그냥 내버려 둘 거야? 천민 주제에 성좌를 노린 것에 대해서 벌을 받아야 하지 않겠어?"

일단은 그냥 둘 생각이다. 절대악이라는 것을 처단하려면 아무래도 7명의 성좌가 힘을 합쳐야 하는 모양이니까.

"시나리오가 진행되는 동안에는 그냥 둘 생각이야. 단서가 좀 더 모이면 신상도 파악할 거고."

"두고 볼게. 나는 감히 나를 모욕한 천민을 인정할 생각이 없어. 그런 출신도 불분명한 천민은 사고사를 당해도 아무도 의문을 품지 않을 거야. 그렇지?"

물론 한세아는 유리아를 모욕한 적이 없다. 다만 유리아는 자신이 얻지 못한 성좌의 자리를 서민일 것이 분명한 계집이 얻었다는 것 자체를 모욕으로 받아들였다. 그녀는 로열패밀리니까. 출신부터가 다르니까.

한편, 꼬꼬의 등에 매달린 루펜달이 침을 꼴깍 삼켰다.

"진짜 저희 셋이서 갑니까?"

……진짜로요? 묻고 싶었다.

6장
기르칵투 동굴

7번 성좌의 연합 퀘스트가 있다. 일반 사람들은 몰라도 한주혁은 안다. 아주 잘 키운 동생 하나가 오프라인에서 정보를 실시간으로 물어다 주고 있었으니까.

그 역시 놀고먹을 수는 없는 법. 지금 당장은 꽤 유리한 고지를 점령하고는 있으나 메인 시나리오가 그렇게 쉽게 흘러갈 리는 없지 않은가. 그 역시 열심히 레벨업을 하고 던전을 클리어해야 했다.

"형님, 이번 목적지가……. 진짜 기르칵투 동굴이 맞습니까?"

"맞아."

"진짜 저희 셋이서 갑니까?"

꼬꼬의 등에 매달린 루펜달은 아니, 그래도 설마 아니겠지. 그건 아닐 거야. 생각했다.

'거긴 화염 계열 마법사 여러 명 없으면 힘든 곳인데.'

이 형님이(루펜달은 한주혁의 닉네임도 모른다. 그냥 형님이다.) 엄청나게 강한 건 안다. 저 형님은 지금 어느 맵에다 가져놔도 아주 잘 살아남을 거다. 그런데 문제는 자신이다.

'거기는…….'

동굴 개미, 동굴 지네, 동굴 뱀.

이런 놈들이 득실득실한 곳이다.

'아……. 이거 좀 큰일이네.'

자구책이 필요할 거 같다. 사실 저 세 몬스터 중에 가장 강력한 놈은 동굴 뱀이다. 레벨은 약 60대 초반으로 추정된다. 마비독을 가지고 있으며 간간이 석화 상태로 만드는 비물리 공격(마법)까지도 사용하는 고등 몬스터다.

게다가 일단 한번 걸려들어 놈의 몸에 둘러싸이게 되면 제 아무리 방어력 높은 탱커라도 온몸의 뼈가 바스러져 죽는다고 전해진다.

그러나 그런 놈쯤은 아무런 문제도 안 된다.

'그래 봤자 형님한테는 한 방이지.'

최근에는 더 센 주먹도 생겼다고 했다.

치명적인 주먹이었나? 그냥 주먹도 이미 치명적인데 그 치명적인 주먹을 또 스킬을 사용해서 쓰면 얼마나 더 치명적이겠는가? 루펜달 자신은 스쳐도 죽는다. 다만 문제는 동굴 지네와 동굴 개미다.

'엄청나게 많은 놈들이 한꺼번에 몰려든다고 했는데.'

루펜달 역시 들어가 본 적 없는 동굴형 던전이다. 이곳은 60대 레벨 이상의 광역 공격을 가진 화염계 마법사가 최소 둘 이상이 버텨줘야 클리어가 가능한 던전으로 알려져 있다.

'나 물려 죽는 거 아냐?'

똥줄이 탔다.

"형님, 근데 수천 마리가 한꺼번에 달려든다고 하던데요?"

"알아."

근데 그게 뭐? 하고 묻는 듯한 너무나 태연한 표정에 루펜달은 울고 싶었다. 형님, 이 세상의 모든 사람이 형님처럼 강력하지 않습니다. 말하고 싶었다.

'가면 안 죽게 도와주시겠지.'

동굴 지네와 동굴 개미들 수천, 수만. 어쩌면 수십만 마리 이상이 한꺼번에 달려들어 온몸에 들러붙는다고 생각만 해도 온몸이 찌릿찌릿 저렸다. 식은땀이 줄줄 흘러내렸다.

무서운 건 루펜달만이 아니었다.

"아저씨, 거기 벌레 진짜 많이 나와요?"

그 어딜 가도 그다지 두려워하지 않던 천세송도 조금은 두려워했다. 벌레들이 우글거린다는 말에 위축된 것처럼 보였다.

"나도 안 가봤는데 그렇다고 하더라. 스샷 못 봤어?"

"봤어요……."

떠올리기 싫었다. 그 우글거리는 벌레 떼들을 헤치고 지나가야 한다니.

"왜? 자신 없냐?"

자신 없다고 하면 안 데려갈 생각이다. 나중에 7성좌의 전투를 위해서 천세송이 필요할지도 모르지만, 기르칵투 던전에 무조건 데려가야 하는 것도 아니었으니까.

천세송은 으으, 하고 몸을 부르르 떨었다가 이내 주먹을 불끈 쥐었다.

"그래도 아저씨 옆에 꼭 붙어 있으면 괜찮을 거예요."

"……."

그러면서 은근슬쩍 팔짱을 꼈다.

요즘 한세아는 부쩍 팔짱을 잘 낀다. 아파트 계약하고 나서 더욱 그렇다. 한세아 덕택에 이런 상황에 이미 익숙해져 있는 한주혁은 아주 자연스럽게 그 팔을 빼냈다.

그렇지만 천세송은 굴하지 않았다.

"아저씨가 지켜주세요! 저도 최선을 다할게요!"

루펜달도 은근슬쩍 한마디 보탰다.

"형님, 저도 최선을 다하겠습니다!"

제발 지켜주세요, 형님. 저 못생긴 전 주인처럼 애교라도 부리고 싶었지만 차마 그럴 수는 없었다. 그랬다간 저 치명적인 주먹에 먼저 치명적인 결과를 마주하게 될 것 같았으니까.

키에엑!

카리아가 땅에 내렸다.

"잘했어."

카리아는 또 골드를 받아먹었다.

카리아는 흡족해졌다.

역시. 제왕 따윈 필요 없었다. 그냥 주인님의 펫 하는 게 최고다.

꼬꼬, 루펜달, 한주혁, 천세송에게 알림이 들려왔다.

–던전. '기르칵투 동굴'에 입장하시겠습니까?

–던전. '기르칵투 동굴'의 레벨 제한은 50 이상 입니다.

한주혁은 그 알림에 천세송을 힐끗 쳐다봤다.

'괴물은 괴물이야.'

천세송도 벌써 레벨이 50을 넘었다. 큰 귀 키메라. 물총 키메라. 두 머리 키메라. 이 셋을 필두로 한 다크나이트 군단은 레벨 60, 70대 몬스터들을 상대로도 전혀 밀리지 않았다. 시간이 지나면 지날수록 천세송의 능력은 더욱 강력해졌고 그것은 곧 폭풍 레벨업으로 이어졌다. 레벨업 속도로만 보자면 7번 성좌인 한세아보다 더 빨랐다.

–던전. '기르칵투 동굴'에 입장합니다.

던전 기르칵투 동굴. 줄여서 그냥 기르칵투 던전이라고 불리는 이곳은 나름대로 마니아 작업층이 있는 곳 중 하나였다.

입장 가능한 최소 레벨은 50이지만 보통의 경우 60 이상의 플레이어들이 집결하는 곳이기도 했다. 레벨과는 별개로 난이도가 매우 높은 던전 중에 하나라고 알려져 있는데, 몬스터들 하나하나가 강력하다기보다는 워낙에 수많은 몬스터가 한꺼번에 몰려들어서 그렇다.

"파이어 월!"

"파이어 월!"

하지만 그 몬스터들에게 치명적인 약점이 하나 있으니 바로 화염계 마법에 굉장히 취약한 면모를 보인다는 것이었다.

동굴 지네와 동굴 개미의 레벨은 대략 60대 정도라고 파악되고 있는데, 레벨 50대 화염계 마법사 둘이 호흡만 잘 맞춰도 능히 수천 마리를 한꺼번에 상대할 수 있다고 알려져 있다.

"사장님, 여기서 잠깐 쉬시죠."

그리고 이곳은 약간 '매니악한 사냥터'다.

레벨 60대 이상의 화염계 마법사. 원래 올림푸스에서 60레벨 이상은 키우기 어렵지만 그중에서도 마법사는 더더욱 그렇다. 그렇다 보니 레벨 60 이상 마법사는 몸값이 배우 비싸다.

다만, 그 비싼 몸값에 비해서 얻을 수 있는 효율이 한정적이다. 대연합같은 대규모 자본을 가진 곳에서는 이런 마법사 하나를 비싼 값에 고용하는 것보다 그냥저냥 일개미들을 싼 값에 여럿 고용하는 게 더 이득이다.

"사장님, 그런데 저기 보십시오."

60대 레벨 이상쯤 되면 거의 세 가지 부류 중 하나다.

하나는 대연합 등에서 은퇴한 경우. 또 하나는 연합에서 경험을 쌓고 독립한 경우. 또 하나는 히든 클래스인 경우. 대부분의 경우는 연합에서 경험을 쌓고 독립한 경우다. 이런 경우, 대부분 그간 쌓은 인맥을 가지고 중소연합이 되거나 대연합에서 하청을 받는 '밴더'를 만든다.

지금의 이 연합. '헤리아 연합'을 이끌고 있는 '마르칸' 역시 마찬가지였다. 그는 대연합 신성의 부장으로 역임했었다가 사내 정치경쟁에서 패배하고 퇴임을 한 뒤, 새로운 연합을 하나 차렸다. 화염계 마법사 둘과 함께.

그가 만든 헤리아 연합은 겨우 8명의 인원으로 월 매출 5억을 달성했고, 이중 약 절반을 신성에 사냥터 이용료로 낸다. 그래도 2억 5천이 남는다.

마르칸이 사장이니 30퍼센트의 지분을 갖고, 화염계 마법사 둘이 각각 20퍼센트의 지분을 갖는다. 나머지 5명이 나머지 30프로를 나눠 가진다.

마르칸 기준이면 한 달 순수익이 약 7,500만 원 정도 되는 거고, 화염계 마법사들은 5,000만 원 정도. 나머지 플레이어들이 각각 1,500만 원 정도를 번다.

사내 정치경쟁에서 패배하여 쫓겨난 플레이어치고는 꽤 성공한 밴더를 만든 것이라 할 수 있었다. 마르칸이 그래도 나름 줄을 잘 섰기 때문이다. 덕분에 이곳 '기르칵투 던전'에 대한 사냥권을 따낼 수 있었다.

그는 나름 자신했다. 눈치가 아주 없는 편은 아니라고.

"모두 공격 중지."

누군가를 발견했다. 저 풀카오, 보통 풀카오가 아니다.

'뒤에는 독수리 같은 펫.'

굉장히 컸다. 뒤뚱거리면서 걸어오는데 동굴이 비좁아 보일 정도였다.

'네크로맨서라 짐작되는 동료 하나.'

그리고.

'또 다른 풀카오. 루펜달.'

이 모든 조각이 맞춰지게 되면 남는 것은 하나다.

'절대악!'

절대악이 맞는지는 모른다. 다만 대연합 신성에서 그럴 거라고 발표했다. 한국에서 대연합 신성이 그렇다고 하면 믿는 게 상책이다. 괜히 밉보였다간 죽도 밥도 안 된다. 괜히 신성공화국이라고 불리는 게 아니다.

그가 침을 꿀꺽 삼켰다.

"먼저 공격하지 않으면 공격하지 않을 거다."

아니나 다를까. 목소리가 들려왔다.

"먼저 안 치면 안 칩니다."

마르칸이 허리를 공손히 숙였다.

까짓것 자존심 따위. 뭔 소용이냐. 사고 안 치고 그냥, 진짜 힘들어서 은퇴할 때까지 다달이 7,500만 원씩 벌면 되지.

7,500만 원이면 사고 싶은 거 실컷 사고, 먹고 싶은 거 실컷 먹을 수 있는 돈이다. 오히려 대연합에서 만년 부장으로 있을 때보다 훨씬 더 큰돈을 벌게 됐다. 물론 사회적 지위는 좀 떨어졌지만. 뭐 어떠랴. 비교조차 할 수 없을 만큼 많은 돈을 버는데.

"지나가십시오. 저희는 그쪽을 공격할 생각이 전혀 없습니다."

그런데 동굴 개미들의 리젠이 진행됐다. 화염계 마법사들은 일단 캐스팅을 시작했다. 놈들이 나타나면 나타나는 즉시, 서로 호흡을 맞춰가며 놈들을 쓸어버려야 했으니까. 조금이라도 실수하면 걷잡을 수 없어진다.

마르칸이 비굴하게 얘기했다.

"저…… 그런데 개미들이 리젠될 것 같은데."

보아하니 저쪽에는 화염계 마법사가 없는 것 같다. 그러면 오히려 기회 아니겠는가? 이쪽에는 화염계 마법사가 있다. 큰 도움이 될 거다. 저쪽엔 1번 성좌 강무석을 때려잡은 강자가 있고, 이쪽에는 화염계 마법사 둘이 있다. 서로 윈윈하는 거래를 할 수 있을 거다.

"저희 쪽에서 서브로 지원하는 것이 어떨까요?"

그때.

키에엑!

꼬꼬가 엉덩이를 씰룩거리며 앞으로 뛰어갔다.

키에엑!

제왕 카리아는 사실 제왕으로서의 위상을 잊었다. 제왕 따위 필요 없었다. 주인님 밑에 있으면 알록달록한 맛있는 돌도 먹을 수 있고 번쩍번쩍한 노란 돌도 먹을 수 있다. 그게 최고였다.

하지만 지금 이 순간만큼은 아니었다.

키에엑!

제왕 카리아의 피가 들끓어 오르기 시작했다.

한주혁이 고개를 갸웃했다.

"재 왜 저래?"

이곳 기르칵투 동굴은 좀 좁은 감이 있다. 꼬꼬를 밖에 두고 올 걸 싶을 정도였다. 꼬꼬의 높이 약 5미터에 달하는 커다란 몸이 꽉 찼으니까. 원래 6미터가량이었는데 저번에 성장해서 날개를 펼치면 가로로 10미터나 되는 거대한 몸뚱이를 가졌는데 날개조차 못 펴고 뒤뚱뒤뚱 걷는 모습이 안쓰러울 지경이었다.

키에엑!

나는 제왕이다!

부리로 사정없이 몬스터들을 쪼기 시작했다.

한주혁에게 알림이 들려왔다.

—플레이어의 '꼬꼬'에 대한 귀속을 확인합니다.

—일정 지역 내에서 '꼬꼬'가 획득한 경험치가 플레이어에게 적용됩니다.

키에엑!

잊고 있던 맹금의 본능이 마구 피어올랐다. 그와 동시에 동굴 개미들의 리젠이 더욱 진행됐다.

마르칸이 침을 꿀꺽 삼켰다.

'타이밍 놓쳤다.'

기르칵투 던전에서는 타이밍과 호흡이 그 무엇보다 중요하다. 팀워크를 잘 맞추면, 8명으로도 클리어가 가능한데 그 팀워크가 흐트러지면 그 순간부터 답이 없다.

그런데 그때.

키에에엑!

꼬꼬가 하늘(그래 봤자 천장)을 쳐다보며 괴성을 질렀다. 동굴이 무너질 듯 파르르 떨렸다. 동굴 천장에서, 또 벽면에서 돌멩이 조각들이 떨어져 내렸다.

그와 동시에 예상하지 못했던 일이 벌어졌다.

헤리아 연합의 연합장 바르칸. 그는 오늘의 사냥이 망했다고 생각했다.

'망했다.'

그냥 망한 게 아니고.

'좆망이다.'

그럴 수밖에 없었다. 그는 한 달 순이익 7,500만 원에 달하는 대한민국 상위 1프로의 고소득자. 그런 그가 여기서 사망하여 24시간 접속 불가 페널티를 받게 된다? 단순 계산으로 쳐도 일급 250만 원이 날아가는 거다. 누군가의 한 달 월급일 수도 있는 커다란 금액을 잃는다는 거. 생각만 해도 속이 너무 쓰리다.

'제기랄.'

동굴 지네. 동굴 개미. 일정한 시간 차를 두고 리젠되는 놈들인데, 저놈들에게 잠시라도 쉴 틈을 주면 안 됐다. 어느 수준을 넘어가는 순간 놈들의 리젠은 폭발적으로 늘어나게 되고 그러면 걷잡을 수 없어지니까. 이미 그는 이러한 상황을 몇 번이나 경험했고 속으로는 거의 포기했다.

'에이씨. 방어구 다 벗어야 되나?'

방어구가 있으면 더 늦게 죽는다. 저놈들에게 빨려 죽는 거. 그거 기분 매우 더럽다. 아프다기보다는 끔찍한 것에 가까웠다.

빨대를 가진 수천 마리의 모기들이 피를 쭉쭉 빠는 기분인데, 몸 안의 중요한 것들이 그 빨대를 통해 녹아서 빨려 나가는 그런 더러운 느낌이었다. 굳이 비유하자면 눈앞에서 바퀴벌레를 간 진액을 벌컥벌컥 마실 때 느끼는 혐오감과 비견된다고나 할까.

그런데 괴상한 일이 벌어졌다. 꼬꼬가 제왕의 포효를 사용하자.

쉐에에엑-!

동굴 개미들이 특유의 소리를 내며 썰물 빠지듯 멀어져가기 시작한 거다. 그것은 마치 검은색 물결처럼 보였다.

화염계 마법사가 말했다.

"지금…… 저 펫이 뭐 한 거 같은데요."

뭘 한 거 같기는 한데 뭘 한 건지는 모르겠다. 동굴 벽이 울리고 천장에서 돌멩이가 떨어져 내리고 그랬더니 개미들이 미친 듯이 도망쳤다.

"특수 스킬인가 본데요……?"

"그, 그런 거 같다."

뭔 놈의 특수 스킬이 저런 말도 안 되는 능력을 가졌단 말인가. 심지어 펫이다. 들어보니 이름이 꼬꼬다. 꼬꼬라는 친숙한 이름을 가진 것 치고 너무 사기적인 능력을 가졌다.

'극 상성을 가지는 펫인 거 같네.'

어느 클래스, 어느 마법, 어느 공격이든 간에 속성의 상성이 존재한다. 벌레형 몬스터와 맹금형 몬스터. 둘 사이에도 당연히 상성이 존재한다. 꼬꼬는 동굴 개미와 동굴 지네의 천적으로 분류되는 듯했다.

"사, 사장님. 저기 보십쇼."

그들은 진짜 황당한 광경을 봤다.

"야, 다 도망치게 만들면 어떡하냐?"

저 무시무시한 개미 떼와 지네 떼를 고함 한 번으로 도망치게 만든 펫의 뒤통수를 그 주인이 세차게 후려쳤다. 심지어 스킬까지 사용했다. 액티브 스킬이었다. 손이 번쩍 빛나는 걸, 헤리아 연합원들은 분명히 봤다.

'와……. 저 주인 혹독하네.'

그들은 제대로 오해했다. 한주혁이 사용한 건 '평범하지 않은 강력한 주먹'이었고 데미지 감소를 99.9퍼센트까지 설정해 놨다.

키에엑!

꼬꼬는 억울한 듯 날개를 펼치려 했지만 동굴이 너무 좁아 그럴 수 없었다.

"왜 혼자 흥분해서 난리야? 엉? 쟤네 다 돈줄인데. 튀게 만들면 돼, 안 돼?"

키에엑!

꼬꼬는 여전히 억울한 듯했다.

천세송이 옆에서 거들었다.

"벌레형 시체는 얻어 본 적 없는데. 꼬꼬가 잘못했어. 혼나야 돼."

키에엑……!

천세송까지 한주혁의 편을 들자 꼬꼬는 시무룩해졌다. 하지만 그래도 여전히 억울하긴 억울한 것 같았다.

키에엑! 키에엑!

이쯤 되자 한주혁도 뭔가 이상함을 알아차렸다. 주인한테 절대복종하는 허접한 제왕인데, 이렇게 반항하는 걸 보면 뭔가 그가 놓치고 있는 것이 있을 확률이 높았다.

"그래, 네가 이런 게 잘못이 아니라는 소리지?"

키에엑!

꼬꼬가 고개를 끄덕였다. 그 덩치에 비해 좁아터진 동굴 내에서 힘겹게 날개를 들어 올렸다. 사람으로 치면 손가락질하며 어딘가를 가리키는 것과 비슷했다.

황당한 상황을 지켜보던 마르칸이 얼른 나섰다.

'점수를 딸 기회다.'

신성 연합에서 척살령을 내렸지만 그건 상관없다. 어차피 보는 눈도 없는데 뭐 어때. 안 보이는 데에서는 센 놈이 형님이다. 펫조차도 저런 능력을 가졌는데, 심지어 그 펫의 뒤통수를 마구 후려갈기는데, 당연히 형님이지.

“저…… 한 말씀 올려도 되겠습니까?”

루펜달은 은근히 경계했다. 간신배는 간신배를 알아보는 법. 네가 아무리 날고 기는 연합의 연합장이라도 이 구역의 진정한 간신배는 나다, 라는 마음가짐으로 마르칸을 위아래로 훑었다.

“펫의 이름을 모르니 그냥 펫이라고 하겠습니다. 저 펫이 가리키는 곳은 아무래도…… 이곳, 기르칵투 동굴 서쪽 편에 있는 막다른 골목 지형을 가리키는 것 같습니다.”

“막다른 골목이요?”

“예, 지형의 이름입니다. 이미 알고 계시겠지만 기르칵투 던전은 총 5개의 구역으로 나누어져 있습니다. 그중 한 곳입니다.”

한주혁이 고개를 끄덕였다. 보아하니 이곳에서 잔뼈가 꽤 굵은 연합의 연합장인 거 같은데 데리고 다니면 적어도 이곳에서는 쓸 만할 거 같다.

“제가 길을 익힐 때까지 같이 다니죠. 길을 익히는 동안 나온 보상은 반으로 나누겠습니다.”

간신배는 화들짝 놀랐다. 이런 곳에서는 센 놈이 법이다.

“아닙니다! 제가 어찌 그런 특혜를 누리겠습니까! 저희가 사냥한 것은 저희가 가지고, 님께서 사냥한 것은 님께서 가지시면 될 것 같습니다. 저희는 님께서 가진 강력한 어그로에 편승하는 것만으로도 이미 너무 감사합니다."

저렇게 강한 플레이어가 옆에 있으면 든든하다. 아까 같은 위기 상황도 쉽게 넘길 수 있다. 그는 이미 사내 정치경쟁에서 패배한 경험이 있다. 너무 큰 욕심을 부리면 될 일도 안 된다. 그는 이 정도에서 만족하기로 했다. 이 던전에서 아주 안전하게 클리어를 진행할 수 있다.

'잘만 하면…….'

그러면 아직 단독연합으로는 클리어해 보지 못한 동쪽 구역도 클리어할 수 있을 것 같다.

키에엑!

꼬꼬가 뒤뚱거리면서 걸음을 옮겼다. 중간중간 무리에서 떨어져 나와 한 마리씩 떨어져 있는 개미와 지네들을 부리로 쪼면서 말이다. 공격하는 모습은 조금 우스꽝스러웠는데 그 데미지조차 우스꽝스러운 건 아니었다. 부리로 두어 번 쪼면 벌레 형태의 몬스터들은 즉사했다.

그렇게 얼마간 시간이 흐르자, 동굴 벽면의 색깔이 변했다. 여태까지는 갈색에 가까운 색이었는데, 어두운 파란색에 가까운 벽면이 나타났다.

"저곳을 넘어갈 때, 일정 확률로 움직임 둔화 효과가 일어납니다."

"그렇군요."

한주혁이 걸음을 옮겼다.

—움직임 둔화 경계를 지나칩니다.

—아서 님의 지능을 확인합니다.

—아서 님의 지능이 매우 높습니다.

—움직임 둔화의 영향을 받지 않습니다.

힐끗 보니 천세송 역시 마찬가지였다. 천세송도 움직임 둔화의 영향을 전혀 받지 않은 모양이다. 다만, 펫 상태 알림이 좀 안 좋았다.

—꼬꼬가 움직임 둔화의 영향을 받습니다.

허 참.

'누가 새대가리 아니랄까 봐.'

지능의 영향을 받는 걸로 봐서, 꼬꼬의 지능이 낮기는 낮은 모양이다. 꼬꼬가 은근슬쩍 한주혁의 눈치를 살폈다. 억지로 보무로 당당히 걷는 걸로 봐서 그래 봤자 뒤뚱뒤뚱이지만, 나는 아무런 상태 이상도 걸리지 않았다고 주장하는 것처럼 보였다.

키—에—엑!

나는 제왕이다!

잊고 있던 제왕의 피가 끓어 오른 상태. 제왕으로서 창피한 모습을 보여줄 수 없지 않은가. 둔화 효과에 걸린 상태라 울음소리조차도 느려졌다는 게 함정이지만.

마르칸이 말했다.

"약 40미터 정도 전진하면 지금까지와는 다른 형태의 지형이 나타납니다. 직사각형 형태의 거대한 공간이 나타나는데, 저희가 그곳에 입장하게 되면 모든 입구와 출구가 막히게 됩니다. 일정 시간 동안, 일정 규칙을 가지고 놈들이 리젠되는 형태의 관문입니다. 이 관문을 클리어하면 기르칵투 던전을 탈출할 수 있는 권리가 주어집니다. 사람마다 다르겠지만, 저희가 평가하기로는 네 개의 관문 중 가장 쉬운 관문으로 평가하고 있……."

원래는 그렇다. 놈들이 일정 시간을 가지고, 일정 규칙을 가지고 튀어나오기 때문에 미리 방비할 수 있고 그 텀이 '화염계 마법사들이 준비할 수 있는 충분한 시간'이어서 대비하기 쉬운 곳.

"워, 원래는 그런데……."

분명히 그래야만 하는데. 눈앞에 보이는 저 괴현상은 무엇이란 말인가.

'미친.'

저게 몇 마리냐. 아까 도망쳤던 엄청나게 많은 숫자의 개미와 지네들이 보였다.

'도망친 게 아니라. 여기 집결하고 있던 거였나?'

이런 현상은 일찍이 본 적이 없다. 기르칵두 던전을 수백 번 넘게 클리어했지만 이런 광경은 처음 본다. 놈들이 이쪽으로 미리 집결하여 플레이어들을 기다리고 있다니.

—서쪽 관문. '막다른 골목'에 진입하였습니다.

—서쪽 관문. '막다른 골목'을 탈출하는 방법은 두 가지입니다.

괴상한 목소리가 들려왔다. 들어올 때마다 항상 듣는 쉰 목소리다. 마치 수천의 개미들이 사람의 목소리를 내면서 속삭이는 것 같은 그런 목소리다.

—너희들은 죽는다. 죽어서 이곳을 빠져나가리라.

죽어서 나가든지.

—신성한 기르칵투의 영역을 침범한 죄. 죽음으로 갚으리라.

아예 클리어를 해버리든지.

마르칸은 침을 꿀꺽 삼켰다. 아까보다 훨씬 더 심각한 상황이지 않은가. 평소에 이곳에 오면, 원래 몬스터가 없어야 했다. 그런데 지금은 이미 수많은 몬스터가 밀집해 있는 상태.

그런데 꼬꼬가 날개를 활짝 폈다. 넓어진 공간. 꼬꼬가 날개를 펴기에는 충분하고도 남았다.

키에엑!

꼬꼬가 이미 몰려들어 있는 놈들에게 달려들었다.

키에엑!

꼬꼬도 알림을 들었다. 물론, 이곳에 들어오는 모든 생명체에게 들리는 일종의 시스템 알림 같은 거다. 하지만 꼬꼬는 그런 걸 분간할 수 있는 지능이 없다. 죽는다? 죽음으로 죄를 갚아라?

키에엑!

이 잡것들이!

키에엑!

제왕을 몰라보고!

꼬꼬는 나는 것조차도 잠시 잊고 뒤뚱거리며 달려가서 사정없이 부리로 놈들을 쪼기 시작했다.

한주혁은 황당했다. 하도 황당해서 혼자 중얼거렸다.

"여기 난이도 높은 던전 아니었나……?"

입장 제한 레벨이 50 정도의 던전치고는 가장 높은 난이도를 자랑한다고 했는데. 화염 계열 마법사들 없으면 클리어 힘들다고 했는데.

쉐에엑-!

이리 도망가고.

쉐에엑-!

저리 도망가고.

제왕 꼬꼬의 위엄 앞에서 벌레들은 도망치기 바빴다. 마르칸은 깨달았다. 집결한 게 아니라 진짜로 도망쳤고, 도망치다 보니 여기였구나.

놈들은 플레이어들을 공격할 수조차 없었다. 그냥 살기 위해서. 저 무시무시한 포식자 앞에서 도망치기 바빴으니까.

키에에에에에엑-!

제왕 꼬꼬는 제왕의 피가 들끓어 오름에 또다시 흥분했다.

—스킬. 제왕의 포효를 사용합니다.

그렇게 시간이 흘렀을 때, 꼬꼬에게 변화가 생기기 시작했다.

—축하합니다!

—스킬. 광역 부리쪼기가 생성되었습니다.

한주혁은 나서지 않고 잠시 두고 보기로 했다. 아무래도 물 만난 고기, 아니, 벌레 만난 닭 같았다. 나름 귀엽다고나 할까. 저대로 두면 광역기 하나쯤 생기지 않을까 했는데 진짜 생겼다.

—꼬꼬가 스킬을 사용합니다.

—스킬. 광역 부리쪼기를 사용합니다.

광역 부리쪼기 한 번에 수십 마리의 벌레가 사망했다.

—동굴 개미를 사냥하였습니다!

—동굴 지네를 사냥하였습니다!

—동굴 개미를 사냥하였습니다!

—꼬꼬가 적을 학살하는 중입니다!

—꼬꼬가 미쳐 날뛰는 중입니다!

알림음이 미친 듯이 들려왔다. 그런데 알림은 거기서 끝이 아니었다.

꼬꼬는 뭔가 이상함을 느꼈다. 새로운 기술이 생겨서 마구 사용했더니 엄청난 제왕의 위세를 떨칠 수 있었다. 그런데 이상하게 맛있는 돌이 나오질 않았다. 원래 이 정도 숫자 잡으면 나와야 하는데.

키에엑!

이러면 안 되는 거다.

키에엑!

이럴 수는 없다!

키엑!

돌을 내놔라!

분노의 '광역 부리쪼기'가 연속되면서.

—꼬꼬의 강렬한 열망을 확인했습니다.

알림이 이어졌다.

—스킬. '꼬꼬의 식탐'이 발현됩니다.

이름은 보잘것없는데 그 효과까지도 보잘것없는 것은 아니었다. 마르칸이 반짝이는 무언가를 발견했다.

'레드 스톤!'

헤리아 연합이 월간 5억의 매출을 올릴 수 있는 것이 바로 저 '레드 스톤' 덕분이다. 이곳은 드랍 확율이 매우 극악한, 그러면서도 난이도는 높은 기르칵투 던전. 그래도 한 달 동안 화염계 마법사들과 수십 번씩 클리어하면 하나 정도는 드랍 된다. 평균적으로는 그렇다.

그런데 그 레드 스톤이 지금 눈앞에 보였다.

키에엑!

꼬꼬는 기뻤다. 목을 하늘 높이 들어 올렸다. 이것이 바로 제왕의 위엄이다! 그렇게 주장하는 듯했다.

붉은색 돌, 저거 엄청 맛있는 거다. 저걸 먹기 전 성스러운 의식처럼 날개를 퍼덕거렸다.

그런데 그때.

'라피드 스텝!'

루펜달이 누구보다 빠르게 달려들었다.

'고스트 워킹!'

라피드 스텝에 이은 고스트 워킹. 그의 몸이 순식간에 뭔가에 끌려가듯 쏘아져 나갔다. 수많은 개미 떼들의 공격을 유유히 피하면서 개미 무리 속으로 뛰어들어 갔다.

거기에 더해.

'블링크!'

마법사들이 회피용으로 사용하는 대표적인 스킬 3가지를 자연스럽게, 그리고 아주 적절하게 사용하면서 몸을 움직였다.

대연합의 부장을 오래 지냈던 마르칸이 보기에도 굉장히 깔끔한 움직임이었다. 스킬 세 가지를 저렇게 연속해서, 잘, 깔끔하게 사용할 수 있는 마법사들은 그렇게 흔하지 않다. 적어도 컨트롤 부분에 있어서 저 루펜달은 상당히 뛰어난 마법사라 볼 수 있었다.

"형님, 누구보다 빠르게 제가 다녀왔습니다. 칭찬해 주십시오."

다만 그 뛰어난 마법보다 더 뛰어난 게 아부 실력인 거 같기는 했지만. 루펜달의 손에 들린 것은 레드 스톤이었다.

키에엑?

승리의 세레머니. 제왕의 세레머니를 펼쳐 보이던 꼬꼬는 황당해져서 주변을 둘러봤다.

어, 내 먹이가 어디 갔지. 내 맛있는 돌이?

키에엑!

그런데 그게 저 주인님의 부하한테 가 있지 않은가. 감히 내 걸 훔쳐?

키에에엑!

그런데 이게 웬걸?

주인님이 저걸 받아 들고 좋아하고 있지 않은가. 이랬는데 덤벼들었다가는 주먹에 얻어맞을 거 같다.

꼬꼬는 식탐이 매우 강했지만 그보다는 생존 욕구가 더 강했다.

목마른 자가 우물 판다고 했다. 1개가 나왔는데 못 먹었다면? 2개를 나오게 하면 된다!

—스킬. 제왕의 포효를 사용합니다.

그리고 루펜달을 향한 경쟁의식이 생겨났다. 질 수 없다. 내가 더 강력한 펫이다. 내가 1호다! 그걸 주장하는 것처럼 보였다.

키에엑!

내가 더 멋진 펫이다.

한주혁은 못 느꼈는데, 루펜달은 분명히 느꼈다. 호승심이 가득 담긴 저 독수리의 눈빛을.

'제1호 펫은 나다……!'

루펜달은 질 수 없었다.

"레드 스톤이 나오면 나오는 대로 제가 족족 집어오겠습니다……!"

꼬꼬의 식탐 스킬은 '몬스터 스톤' 드랍율을 5배나 높여주는 획기적인 스킬이었다. 당연하게도 꼬꼬는 풀카오가 아니다. 행운 수치도 일반 펫과 비슷하다. 그러니까 드랍율도 일반 플레이어와 다르지 않다는 거다.

이제 돈 먹는 꼬꼬가 아니라 돈 낳는 꼬꼬로 변모하게 된 거다. 그런데 꼬꼬의 활약은 거기서 그치지 않았다.

키에엑!

제왕의 포효 대신, 내가 제1호 펫이다를 주장하는 위엄을 내뿜던 꼬꼬가 활약하자.

궁지에 몰려 있던 수많은 개미 떼들이 또다시 썰물처럼 밀려가기 시작했다. 마르칸은 이상하게 생각했다.

'이곳은 막다른 골목인데.'

이곳도 수백 번 넘게 클리어했다. 이제 여기는 막다른 곳. 여기서 클리어가 진행되는 마지막 관문 중 하나다. 그런데 새로운 곳이 나타났다?

–특정 조건을 만족합니다.

–히든 피스가 발현됩니다!

—축하합니다!

—새로운 통로를 찾아냈습니다!

아마도 몬스터들을 계속 도망가게 만드는 것이 히든 피스를 발현하는 조건인 것처럼 보였다.

그런데 새로운 통로를 발견했다는 놀라움도 잠시.

"사, 사장님. 이거…… 위험하지 않겠습니까?"

문제는 도망쳤던 개미들이 또다시 몰려오고 있었다는 것. 도망쳤던 개미들이 썰물처럼 도망쳤다면, 다시 돌아오는 개미들은 해일처럼 밀려들고 있었다.

"미친……!"

마르칸도 헤리아 연합도 이런 광경은 처음 본다. 물론 저 강력한 풀카오팀은 어떻게든 버텨낼 수 있겠지만 이쪽은 그렇지 않다.

"파이어 월!"

"파이어 월!"

두 명의 화염계 법사가 불의 장막을 만들었다. 뜨거운 불길이 타올랐다. 그러나 그 파이어 월조차도 금방 뚫렸다. 놈들의 숫자가 지나치게 많았다.

다행히 또 다른 알림이 들려왔다.

—새로운 통로로 이동하시겠습니까?

–거절할 시 던전 밖으로 이동합니다.

–보상은 주어지지 않습니다.

–한 번 새로운 통로를 포기한 플레이어는 다시는 이 통로를 열 수 없습니다.

마르칸이 황급히 말했다.

"저희는 이만 나가보겠습니다."

적어도 지금은 저 독수리도 힘을 발휘하지 못하는 것처럼 보였다. 지금 5미터가 넘는 저 거대한 몸이 개미로 덮여 버렸으니까.

한주혁이 고개를 끄덕였다. 숨겨진 통로가 나타났다. 이제 저들도 이곳에 대해서는 모른다는 얘기다. 굳이 데리고 다니면서 보호할 필요도 없다. 알아서 나가겠다는 막을 필요도 없다.

"으악!"

그런데 나가겠다는 선택이 늦었는지 화염계 마법사 하나가 개미 떼들의 습격을 받았다.

던전을 빠져나가는 데 약 3초 정도 걸린다. 그런데 그 3초가 채 지나기 전에, H/P가 모두 빨려 나갈 것 같았다.

한주혁이 피식 웃었다. 그래도 길도 알려줬고 공격도 안 했다. 게임하다 보면 그런 경우 있다. 지나가다가 그냥 마음에 들어서 버프 한 번 주고, 힐을 주고. 지금도 그랬다.

지금은 익힐 수 없게 된 스킬. 하지만 이미 익혀놓은 상태의 공용 초급 힐을 사용해 줬다.

"힐."

빨피에 가까워지던 화염계 마법사의 H/P가 풀이 됐다.

안전하게 던전 밖으로 탈출했다.

헤리아 연합은 숨을 돌렸다.

"아…… 다행이네요."

"그 풀카오. 만능 풀카오라더니 진짜 대박이네. 분명 공용 힐이었는데."

"펫이 그 정도면 주인은 얼마나 세겠어요?"

"미쳤네요. 절대악이라고 할 만한데요?"

"근데 절대악치고는…… 너무 절대악 안 같은데요?"

절대악을 만나서 살아 돌아왔다. 먼저 안 치면 안 친다는 그 말이 진짜 사실인 것 같았다. 게다가 그들이 생각하는 적당한 보상까지도 제시해 줬었다. 사실은 합리적인 사람이 아닌가. 그런 생각까지 들었다.

그런데 헤리아 연합의 사무실에 누군가가 찾아왔다.

1번 성좌. 강무석이었다. 그가 대뜸 말했다.

"정신 못 차리셨죠?"

"……예?"

"우리가 그런 좋은 사냥터를 그냥 놀리고 있었을까 봐?"

헤리아 연합장 마르칸은 침을 꿀꺽 삼켰다. 아무래도 팀원 중 스파이가 있었든지 아니면 '하청 감찰단'에 걸린 모양이다. 어딘가에 숨어 동영상을 촬영했을 가능성이 농후했다.

"우리가 척살을 내린 상대랑 희희낙락하더군요. 재밌었어요?"

"그, 그런 것이 아니라……."

그로서는 그게 최선이었다. 절대악과 싸워봐야 어차피 죽는다. 그럴 바에야 협조해서 살아남는 게 낫지 않은가.

"그래도 좀 좋게 봐줘서 사냥권도 주고 사냥도 하게 해줬는데 은혜를 개떡같이 아네요. 앞으로 기르칵투 던전에서의 사냥은 꿈도 꾸지 못할 겁니다. 아니, 앞으로 신성 소유의 사냥터에서 사냥은 못 할 겁니다. 너희 전부."

"이, 이사님……!"

마르칸은 항변하고 싶었다. 하지만 할 수 없었다. 강무석은 항변할 기회조차 주지 않았다. 그가 직접 왔다는 것이 그것을 반증했다. 강무석은 지금 화가 머리 꼭대기까지 나 있는 상태였다. 더 이상 건드렸다가는 의문의 사고사를 당할 수도 있다. 지금은 아무리 할 말이 있어도 참아야 했다.

'하필이면 왜…… 상대가 신성의 강무석이냐……!'

울고 싶을 정도였다. 이제 헤리아 연합은 해체해야 했다.

신성의 눈 밖에 났으니까. 그 어떤 수주도 받지 못할 거다. 그 어떤 사냥터에서도 받아주지 않을 거고.

'제기랄…….'

사업 벌여놓은 것이 있어서 돈 들어갈 곳이 엄청 많은데. 지금 빚까지 잔뜩 진 상태로 추진하던 중이었는데.

'우리 늦둥이 딸 대학도 보내야 하는데.'

대학 보내는 것 정도, 원래는 일도 아니다. 그런데 지금처럼 빚진 상태로 연합을 해체하게 되면, 그때부터는 힘들어진다. 한국 기반 대륙을 벗어나지 않는 한.

강무석은 자신의 사무실로 돌아와서 씩씩댔다. 감히 그 풀카오를 그냥 둬? 신성에서 척살령을 내렸는데? 용서할 수 없었다.

비서실장에게 말했다.

"풀카오 새끼랑 그 누구도 거래하지 말라고 전해. 무조건 척살이야. 알았어?"

"대연합장님의…… 뜻입니까?"

비서실장은 대연합장의 뜻을 안다. 대외적으로는 '무조건적인 척살'을 내세우고 있지만 속으로는 회유를 더 원하고 있다.

"지금 내 말에 토 다는 거냐?"

"아닙니다. 분부대로 하겠습니다."

강무석이 USB 하나를 내던졌다. 땅에 떨어진 그것을 비서실장이 주워들었다.

"그대로 올려."

"알겠습니다."

비서실장은 목구멍까지 올라온 말을 참았다.

'신성에 그리 유리한 여론은 생기지 않을 겁니다.'

일단 시키는 대로 하기로 했다. 그는 할 수 있는 한도 내에서 강무석을 말렸다. 그가 할 일은 다 한 거다. 그렇게 생각했다.

올림푸스 매니아에 한 영상이 퍼졌다. 절대악에 관한 영상이었고, 절대악에 협조한 헤리아 연합은 사실상 신성에 대한 반역 행위로 처벌되었다고 알려졌다.

–근데…… 반역 행위라는 말은 좀 이상하지 않음? 신성이 대연합이지 왕은 아니잖아.

–좀 심했지. 나라도 절대악이랑 일대일로 싸우라면 안 싸움.

– 규정도 뭣도 없이 그냥 갑질한 거랑 뭐가 다름?

–아무리 힘이 있어도 그렇지. 오히려 절대악이 더 사람답고 좋은 거 아님? 진짜 안 치니까 안 죽이네. 나도 실험해 보고 싶다.

–저 소연합장만 안 됐네. 보아하니 하청인 거 같은데.

여론이 약간 이상한 방향으로 흘러갔고, 그 소식은 신성의 대연합장 강무환에게도 들어갔다.

천세송은 한주혁의 뒤에 숨었다.

"아저씨, 꼬꼬 어떻게 되는 거 아니에요?"

"아니, 멀쩡해."

안 그래도 펫 상태창을 켜서 봤었다. 지금 보아하니, 이 개미들은 누군가를 공격하기 위해서 몰려온다기보다는 무엇인가로부터 도망치는 것 같은 그런 느낌이었다.

"다만 너는 좀 조심해야겠다."

도망치는 와중에도 약한 놈들은 알아보는 모양이었다. 한주혁은 천세송을 안아 들었다. 이게 가장 안전한 방법이니까.

루펜달도 형님에게 안기고 싶었지만 그러지 않아도 된다는 것을 깨달았다. 그가 사용하는 수십 가지의 방어 계열 마법이 전혀 깨지지 않았다. 한주혁의 버프가 있었기 때문이다.

"역시 형님이십니다!"

"방어마법에는 이상 없지?"

"형님 버프가 있는데 뭐가 걱정이겠습니까! 형님이 우주최강이십니다. 이깟 개미 새끼들은 아무것도 아니죠."

스탯 130대의 버프를 받은 50대 방어형 마법사. 60대 초반의 몬스터들이 아무리 공격해도 흠집 하나 나지 않았다. 물론 방어 계열 마법이 하나하나 깨지고는 있으나 다시 수복하면 그만이었다.

"여기서 실험 한번 해보자."

실험을 한번 해보기로 했다.

"마리안, 영혼 속박술 준비해."

"네, 네?"

한주혁의 품에 안긴 마리안은 뭔가 당황한 것처럼 보였다. 한주혁이 인상을 찡그렸다.

"뭐 해? 정신 안 차려?"

"아, 응! 미, 미안해요. 잠깐 딴생각하느라고……."

딴생각을 한 건 아니다. 난데없이 품에 안기게 돼서. 그래서 당황하고 있었을 뿐.

'또 혼났어……!'

자기 잘못인 걸 안다. 던전 클리어 중에 이런 흑심을 품다니. 그런데 이 혼나는 게 오히려 기분 좋았다. 자기를 혼내줄 수 있는 사람. 그런 사람이 이상형 아니었던가. 괜히 심장이 두근거렸다. 이, 이러면 안 돼. 당황한 모습 보이면 더 실망하실 거야.

'얼른 침착하자.'

침착하려고 했는데, 더 이상 침착할 수가 없었다. 알림음이 들려왔기 때문이다.

"아, 아저씨! 이거 뭐예요?"

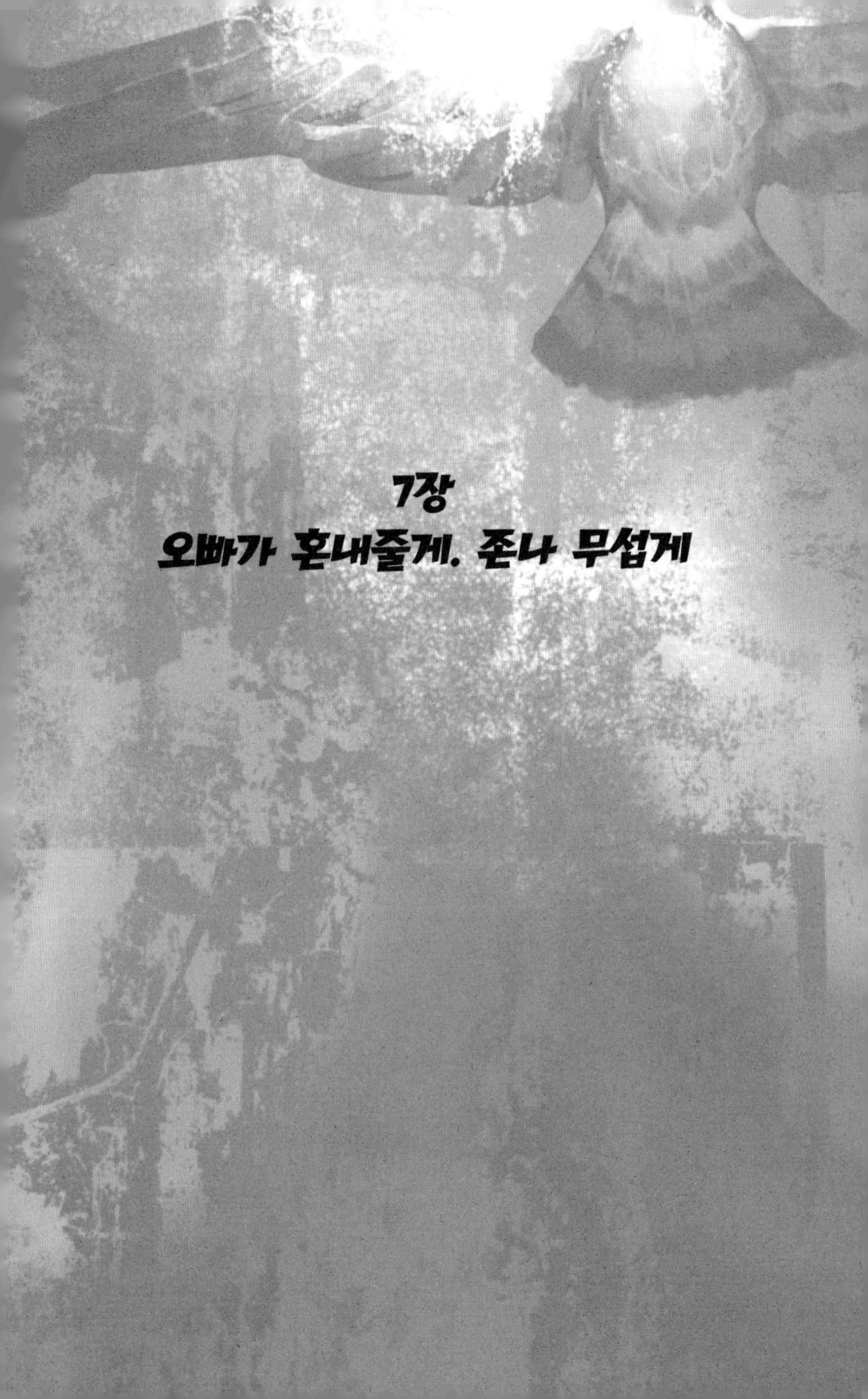

7장
오빠가 혼내줄게. 존나 무섭게

천세송에게 알림이 들려왔다.

–'악의 공간'이 발현되었습니다.

–마리안 님의 속성이 악의 공간의 속성에 속합니다.

–악의 공간이 부여하는 권능을 공유합니다!

알림이 너무 많아서 천세송은 제대로 듣지 못했다.

–공용 효과 적용!

–힘 스탯이 20 증가합니다.

–민첩 스탯이 20 증가합니다.

–지능 스탯이 20 증가합니다.

–체력 스탯이 20 증가합니다.

–랜덤 효과 적용! 소환된 1개체의 언데드의 등급이 두 단계 상승합니다!

원래 이러한 알림들은 단순히 귀로 듣는 것이 아니라 머릿속에 저절로 정보가 입력된다. 보통의 재능을 가지고 있으면 듣는 순간 뭔 내용인지 다 안다. 다만, 천세송은 그런 재능이 지나치게 뒤처질 뿐.

'뭐가 이렇게 많이 들려?'

천세송이 소환한 '물총 키메라'의 몸에서 검은색 기운이 넘실넘실 흘러나오기 시작했다.

물총 키메라는 원래부터 히든피스에 속해 있던 보스 몬스터 세 마리 중 한 마리였다. 그런데 그 키메라가 앱솔루트 네크로맨서를 통해 부활하면서 한 등급 더 강력해졌는데, 거기서 언데드의 등급이 또다시 두 단계 상승했다.

물총 키메라는 더 이상 조잡한 키메라의 모습을 보이지 않았다. 완벽하게 새로 태어난, 하나의 생명체였다.

한주혁조차도 황당했다.

"……그거 물총 키메라냐?"

그런 거 같긴 하다. 그런데 저게 정말 하마의 얼굴이라고 볼 수 있을지 모르겠다. 흑표범과 하마를 적절하게 잘 섞어서 버무려 놓으면 저런 얼굴이 아닐까 싶다. 눈은 황금빛으로 빛나고 있었고 온몸에서 검은색 기운이 흘러나오고 있었는데, 해일처럼 밀려들던 개미들이 물총 키메라 앞에 서자 거짓말처럼 좌우로 갈라져서 도망쳤다.

심지어 동물형 키메라가 말까지 했다.

"주인님의 적, 척살."

앱솔루트 네크로맨서로서 1등급 상향에 랜덤 효과 적용으로 2등급이 더 올라갔다. 원래 기본 등급보다 무려 3단계가 더 올라간 셈이다.

"스킬 사용 허락, 요청."

천세송은 컨트롤 능력이 매우 떨어진다. 대규모 군단을 몰아넣고 '얘들아, 알아서 싸워' 하는 스타일이다. 다만 그 물량이 지나치게 많을 뿐. 아무리 컨트롤 쩌는 프로게이머라도 압도적으로 차이 나는 물량에는 장사 없다. 천세송이 딱 그런 스타일이다. 다만 이렇게 한 개체를 제대로 컨트롤하는 것에서 약점을 보였다.

'어떤 스킬을 써야 하지?'

황급히 스킬창을 띄워봤다. 뭐가 뭔지 잘 모르겠다. 눈에 띄는 게 보였다.

'산성 발칸!'

이게 좋겠다. 해서 산성 발칸을 사용했다.

—스킬. 산성 발칸 사용합니다.

흑표범을 닮은 물총 키메라가 입을 쩍 벌렸다. 하마가 맞긴 맞았다. 입이 굉장히 크게 벌어졌다. 그 안에서 초록색 물방울 같은 것들이 모이기 시작했다. 어린아이의 주먹만 했던 그것은 점점 더 커지기 시작했다. 어린아이의 주먹에서 성인 남자의 주먹으로, 이내 볼링공으로, 그 이후로도 점점 더 크기를 키워갔다.

그리고 그곳에서 마치 총알처럼, 초록색 액체가 쏘아져 나가기 시작했다. 마치 전투기 본체에서 발포하는 기관총 같았다. 그것이 순식간에 수백, 수천 발이 쏘아졌다. 수를 헤아릴 수조차 없을 정도로 많은 개미들이 그에 관통당했다.

한주혁도 황당했다.

'미친.'

뭐지? 이 말도 안 되는 광역기는?

'나도 광역기 없는데.'

물론 저 광역기는 아마도 20초짜리 광역기일 확률이 높다. 악의 공간의 유지 시간이 20초밖에 안 되니까. 그러나 그것을 감안한다 할지라도, 스킬이 너무 사기적이었다. 아무렇게나 마구 발사하는 것처럼 보였지만 저 물총은 상당히 정확한 정확도를 자랑했다. 게다가 관통 효과까지.

한 다발의 산성 액이 수십 마리의 작은 개미들을 관통했고, 그것이 수천 다발에 이르다 보니 그 많던 개미들이 엄청나게 빠른 속도로 줄어들고 있었다.

놀라운 건 거기서 끝이 아니었다.

—'악의 공간' 내에 권속이 확인됩니다.

—'악의 공간' 내의 권속이 획득한 경험치는 '절대악'과 공유합니다.

그와 동시에.

—레벨이 올랐습니다!

레벨이 올랐다. 신성 대연합의 전폭적 지원을 받고 있는 1번 성좌 강무석의 레벨이 이제 60을 넘었다고 했다. 사실 일반 사람들은 꿈도 못 꾸는 그런 성장 속도다.

그게 한주혁도 마찬가지였다. 경험치를 공유하게 되면서 엄청난 속도로 경험치가 쌓이기 시작했다. 이 악의 공간이 천세송에게 커다란 영향을 끼칠 거라고 생각은 했다만 이 정도일 줄은 몰랐다. 여기서 끝이 아니었다.

—스킬. 악의 독려를 사용합니다.

—악의 공간 내에 권속이 확인됩니다!

—악의 공간 내에 있는 어둠/악/마 속성의 모든 생명체에게 강력한 권능을 부여합니다!

천세송에게도 알림이 들려왔다.

–절대악의 권속으로 인정받습니다!

–절대악의 권능. 악의 독려를 받습니다!

–영혼의 속박이 군단의 속박으로 일시 전환됩니다!

–언데드 슬롯이 일시적으로 9,999까지 증가합니다!

천세송은 마치 무언가에 홀리기라도 한 것처럼 스킬을 사용했다.

"군단의 속박!"

그와 동시에 수천 마리에 이르는 동굴 개미와 동굴 지네들이 부활하기 시작했다.

한주혁은 감탄할 수밖에 없었다.

"이야……."

해일처럼 밀려들던 그 개미들이 다시 살아나기 시작했는데.

"더 세졌잖아?"

레벨 60대의 몬스터들이 세 번의 강화를 거쳐 아마도 레벨 80대 이상의 힘을 가지게 된 것 같은 그런 느낌이다. 크기는 똑같았으나 느낌이 달랐다. 껍질이 훨씬 더 단단해 보였으며 움직임도 더 빨라졌다. 심지어 군단이다.

"아저씨, 진짜 최고예요!"

역시 아저씨 말 듣기를 잘했다. 일시적이긴 하지만 이런 어마어마한 힘은 처음 느껴본다.

"이렇게 작은 벌레형 몬스터는 슬롯 하나에 두 마리씩 들어가요! M/P 소모도 엄청 적구요. 게다가 아저씨가 이상한 거 해준 덕분에 슬롯이 9,999까지 늘어났어요."

그녀는 경험해 보지 못한 신세계에 신이 났다. 이론상으로만 따지면 무려 2만에 달하는 대군을 거느릴 수 있다.

"아자아자! 가자! 죽음의 병사들아!"

그랬다가 그녀는 아차 싶었다. 나는 네크로맨서지. 경박하면 안 돼. 무겁고 중후한 분위기를 자아내야 해. 누가 가르쳐준 건 아니지만 그녀는 그렇게 생각했고 황급히 엄숙한 척했다.

"죽음의 병사들이여! 공포를 흩뿌릴지어다!"

몬스터 군단과 언데드 군단이 부딪쳤다. 슬롯 9,999. 이미 데스나이트와 키메라들, 기타 몬스터들로 약 700마리가 채워져 있던 상태. 나머지 슬롯이 대략 9,000개였고 지금 약 1,000개의 슬롯이 다시 찼다. 다시 말해 벌레형 몬스터 2,000마리를 언데드로 부리며 싸우고 있다는 뜻이다.

엄숙하기로 다짐했던 천세송이 제자리에서 폴짝 뛰었다. 엄숙함 따윈 다시 잊었다.

"와. 짱 세!"

2,000마리에 달하는, 등급이 향상된 벌레형 몬스터들은 일반 벌레들을 씹어 먹었다. 순식간에 녹아내렸다고 하는 것이

더 옳을 정도였다.

–악의 공간이 소멸합니다.

–악의 독려의 효과가 소멸됩니다.

절대악 기본 스킬이 끝나자 천세송은 아쉬운 듯했다. 몬스터들은 원래의 등급으로 돌아왔고(그래도 일반 몬스터보다는 한 단계 더 높다) 몸 안에서 들끓던 힘이 사라졌다.

"아저씨, 이거 뭐 어떻게 한 거예요? 저 레벨 또 올랐어요. 그것도 3이나 올랐어요."

어? 그거 그냥 절대악 기본 스킬인데.

그 말은 하지 않았다. 괜히 그렇게 말하면 저 신나 하는 천세송의 얼굴에 찬물을 뿌리는 격인 거 같았으니까.

"그냥저냥 좋은 스킬 얻어서 써봤어. 너랑은 몇 번 합을 맞춰봐야 할 거야. 그래야 팀워크가 제대로 이뤄질 테니."

사실상 팀워크랄 게 있긴 있나 싶다. 천세송은 그냥 물량으로 밀어붙이는 물량전 네크로맨서니까.

"현재는 유지 시간이 20초니까 그거 감안해서 스킬 쓰고 소환하고 그래야 돼."

"네! 아저씨, 저 잘했죠? 진짜 세지 않았어요? 되게 센 거 같아요 나. 이거 있으면 아저씨랑 싸워도 이길 수 있을 거 같아요."

한주혁은 피식 웃고 말았다.

"아, 아 근데. 진짜 싸우겠단 소리는 아니에요. 그래도 아저씨는 무서워요."

순수하게 기뻐하는 저 모습이 마치 어린아이 같았다. 현실 속 천세송의 모습과 이곳 천세송의 모습 사이에 괴리감이 있기는 했지만. 어쨌든 현실 천세송의 모습이 너무나 강력하게 뇌리에 남아서 그 모습이 현재의 모습에 오버랩됐다.

미성년자이고 여자로 보지 않아서 그렇지 말도 안 되게 예쁜 건 확실했고, 덕분에 그 얼굴을 한 번밖에 보지 않았음에도 불구하고 머릿속에 확실히 각인됐다.

"아마 그 버프 받는 동안 나한테 공격하면 버프 깨질걸? 악영향이 있을지도 몰라. 이게 내 특화 버프라서."

"헐. 버프 깨지는 거 싫어요."

천세송은 주먹을 불끈 쥐었다. 마치 그 버프를 빼앗길 수 없다는 것처럼. 굳은 다짐을 하는 것처럼 보였다.

"말 잘 들을 거예요. 아저씨가 나 책임진다고 했으니까 책임져요."

뭐랄까. 루펜달은 조금 소외감을 느꼈다. 펫 1호도 저 꼬꼬한테 빼앗길 거 같은데, 애교(?)도 저 네크로맨서한테 빼앗길 거 같다. 이거 좀 위험하다. 처신을 잘해야 한다. 그는 간신배로서 포지션을 잡기로 했다.

"형님, 이쪽에 새로운 통로가 열렸습니다. 제가 슬쩍 탐색해 봤는데 아무것도 없는 거 같습니다. 그리고 제가 추론해 보기로, 이놈들이 돌아올 때 마치 노망치는 것처럼 마구 기어왔습니다. 아마 저쪽에 훨씬 강력한 무언가가 있지 않을까 싶습니다. 매우 강력한…… 형님?"

한주혁은 이미 걸음을 옮기고 있었다. 한주혁의 등이 멀어졌다. 불행히도 루펜달이 예상하고 있는 것들을 한주혁도 전부 예상하고 있었다는 것.

"혀엉~ 님!"

그는 자신보다 거의 10살은 어린 한주혁에게 형님이라 부르기를 늦추지 않았다. 한번 형님은 영원한 형님. 나보다 세면 형님. 그리고 여기서 형님 없으면 진짜 죽는다. 아까도 형님의 공용버프 없었으면 죽었을 거다.

"형님, 존경하고 사……."

사랑합니다. 말하려고 했는데 그랬다간 치명적인 결과가 돌아올 거 같다. 검은 잿더미가 된다든지.

"존경하고 또 존경합니다!"

루펜달은 한주혁의 뒤를 쫄래쫄래 쫓아갔다.

알림이 들려왔다.

—'새로운 통로'에 입장합니다.

이곳을 발견하는 조건. 그걸 꼬꼬가 완벽하게 만들어줬다. '제왕의 포효'가 벌레들을 공포에 질리게 만들었고 놈들이 도망치면서 새로운 길을 열었던 거다.

'엄청나게 많은 개미와 지네 떼들. 그다음은 뭐지?'

어두컴컴한 동굴을 따라 걸었다. 천장에서 물방울이 뚝뚝 떨어져 내렸다. 굉장히 차가운 물방울이었다.

바닥도 질척거렸다. 아까는 딱딱한 바닥이었다면, 이곳은 질퍽한 진흙밭 같았다.

천세송이 으으, 몸을 부르르 떨었다.

"여기 기분 나빠요."

물이 떨어질 때마다 기분이 나빴다. 기분 나쁜 차가운 바람이 목 뒷덜미를 훑고 지나가는 것 같았다. 마치 차가운 뱀 하나가 목 뒷덜미에 똬리를 틀고 앉아 있는 것 같은 그런 기분.

똑. 똑.

물 떨어지는 소리가 들려왔다. 동굴 안이어서 그런지 상당히 크게 들렸다.

"아저씨, 손잡아주면 안 돼요?"

"어, 안 돼."

"여긴 기분 너무 나쁘단 말이에요."

"야! 루펜달. 얘 손 좀 잡아줘라."

루펜달은 질색했다. 그는 외모지상주의를 추구하는 30대 남자다. 올림푸스에서 대부분 여자는 원래 얼굴보다 예쁘게 만든다. 그런데 굉장히 못생긴 얼굴로 아저씨 손 잡아줘요! 하면 싫다. 루펜달은 그랬다.

근데 싫은 건 천세송도 마찬가지였다.

"그냥 갈게요."

천세송이 한주혁 앞에서나 어린애처럼 굴지, 다른 사람 앞에서는 철벽녀다.

점점 더 어두워졌다. 희미하게나마 보이던 동굴이 거의 보이지 않게 됐다. 한주혁의 뛰어난 신체 스탯으로도 말이다.

그래서 공용마법을 사용하기로 했다. 전직 전에만 익힐 수 있는 공용 기초마법. 원래 전직을 하고 나면 그다지 쓸 일이 별로 없는 게 기초마법이다. 전직 이후에는 각자 영역별로 파티를 맺게 되고, 그에 따라 자신이 집중하고 있는 파트만 맡으면 되니까.

하지만 한주혁은 약간 다르다. 스탯 130이 넘는다. 그가 보조 마법을 발현했다.

'라이트.'

한주혁의 손에서 노란색 밝은 구체가 생겨났다. 그런데 그 보조마법이, 공용 기초마법 수준이 아니었다.

"와, 밝다!"

천세송도 애초에 마법사인 루펜달도 이런 공용마법은 처음 본다.

'뭐 저렇게 밝아?'

이상한 일도 아니다. 저 형님이 상식 파괴자인 건 이제 놀랍지도 않다. 다만 놀라운 건 따로 있었다.

한주혁이 천세송의 손을 잡았다. 거칠게 잡아끌었다.

"꺅!"

한주혁은 천세송을 끌어안은 채 루펜달을 밀쳤다. 당연히 평범하지 않은 강력한 주먹을 사용했다. 몸에 충격은 있겠지만 H/P에는 영향이 없을 거다. 루펜달은 저만치 날아가서 벽에 부딪혔다.

루펜달은 콜록거리면서 기침을 한 뒤 앞을 쳐다봤다. 마리안을 안은 채 위를 올려다보고 있는 한주혁이 보였다.

"형님……?"

그와 동시에 그의 몸이 완전히 굳어버렸다.

'몸이 안 움직인다.'

그는 한주혁의 시선을 따라 천장을 쳐다봤다.

'미친……!'

루펜달은 녹색 눈동자와 눈이 마주쳤다. 무언가가 루펜달의 목덜미에 살짝 닿았다.

'시팔!'

아무것도 없는 줄 알았던 천장 전체가 한 마리의 뱀이었다. 거대한 뱀이 동굴 천장을 뒤덮고 이동 중이었다. 중간중간 뚝뚝 떨어지는 물은 단순한 물이 아니라 놈의 침이었던 모양이다.

한주혁도 놈을 쳐다봤다. 밝은 빛 때문인지 가늘어진 일자의 눈. 섬뜩하기까지 한 거대한 뱀의 모습이 눈에 들어왔다. 동굴 천장과 비슷한 갈색에 가까운 피부를 가지고 있었고 입에서는 침이 뚝뚝 흘러내리고 있었다. 마치 맛 좋은 먹잇감을 발견한 것처럼.

키에엑!

꼬꼬가 날기에는 너무 낮아 뛰어올라서 부리로 놈의 몸을 쪼았으나 큰 타격이 없었다.

'꼬꼬의 공격에 반응하지 않고.'

가만히 이쪽. 그러니까 한주혁을 응시하고 있다. 몸이 스르르 움직이고는 있는데, 떨어지지 않기 위하여 최소한의 움직임만을 보이고 있는 것 같았다.

'나를 주시하고 있다.'

그렇다는 말은 자신의 강함을 어느 정도 느끼고 있다는 소리다. 꼬꼬 따위는 안중에도 없을 정도로.

'재미있는 놈이네.'

그는 피식 웃었다. 이곳, 던전의 이름을 떠올렸다. 이곳의 이름은 기르칵투 동굴. 왜 어째서 기르칵투 동굴이라는 이름이 붙어 있는지는 이곳이 처음 발견된 80년 전부터 이미 미스터리였다. 사람들은 이 이름에 대해서 크게 궁금해하지 않았다. 이름에는 의미가 없는 경우도 많이 있으니까.

'저놈이 기르칵투?'

그 생각을 확인이라도 시켜주는 것처럼, 알림이 들려왔다.

―히든 보스 몬스터. 기르칵투의 분신을 발견하였습니다.

한주혁 파티와 '기르칵투 분신'과의 대치가 잠시 이어졌다. 루펜달은 여전히 몸을 움직일 수 없었다.

―기르칵투의 석화마법에 걸린 상태입니다.

―움직일 수 없습니다.

아무리 움직이려 해도.

―움직일 수 없습니다.

석화마법에 걸린 상태란다. 지능이 굉장히 높은 루펜달이다. 레벨 50대. 그런데 언제 마법에 걸렸는지도 모르게 마법에 걸려 버렸다. 저 몬스터의 특수효과. 굉장히 강력한 것 같았다.

'저게 분신이라고?'

그렇다면 본체는 따로 있다는 말인가?

'제기랄.'

겨우 눈 한 번 마주쳤는데 이 정도라면, 도대체 얼마나 센 놈이란 말인가.

게다가 루펜달의 추정으로 레벨 70대에 이르는 꼬꼬의 공격도 먹히지 않고 있다. 꼬꼬가 맹금류고, 따라서 땅에서 하는 싸움은 불리할 수밖에 없다는 것을 감안한다 할지라도. 그래도 지금 부리 공격은 전혀 먹혀들고 있지 않다.

키에엑!

꼬꼬는 화가 났다.

키엑!

너, 나랑 하늘에서 붙어보자!

키에엑!

나를 무시해?

키엑!

—스킬. 제왕의 포효를 사용합니다.

그러던 찰나. 꼬꼬에게는 관심이 전혀 없어 보였던 히든 보스 몬스터. '기르칵투의 분신'이 꼬꼬를 향해 입을 크게 벌리고 떨어져 내렸다. 그 속도가 어찌나 빠른지 루펜달은 제대로 보지도 못할 정도였다.

'엄청나다……!'

천장을 가득 뒤덮고 있는 저 커다란 덩치만큼이나 저 입도 어마어마하게 컸다. 시뻘건 입 사이로 두 개의 거대한 독니가 보였고 대여섯 갈래로 갈라진 혓바닥이 보였다. 5미터에 달하는 꼬꼬의 몸통을 전부 집어삼킬 것처럼. 붉은 입이 마치 그물처럼 꼬꼬를 덮쳤다.

키엑?

꼬꼬는 당황했다. 황급히 몸을 움직이려 했지만 이곳은 하늘이 아니다. 피할 수가 없었다. 땅에서는 꼬꼬의 움직임이 많이 제한되니까.

키에엑!

꼬꼬는 직감했다. 저 입에 삼켜지면 제왕인 자신이라 할지라도 죽는다. 꼬꼬는 카고누스 산맥의 제왕. 카고누스 산맥에서 이렇게 강력한 놈은 만나 본 적이 없었다. 그래도 도망칠 수는 없다. 비록 죽을지라도 맞대결을 펼치기로 했다.

그러려고 했는데.

"이게 어디서 남의 펫을 건드려?"

이쪽에만 관심을 갖는 것처럼 보이다가 난데없이 꼬꼬를 공격했다. 속도가 굉장히 빨라서 한주혁도 긴장하지 않았으면 놓칠 정도. 다만 한주혁은 긴장을 풀고 있지 않은 상태였다.

한주혁은 스킬을 사용했다. 평소에 사용하는 스킬과는 조금 달랐다. 평소에 사용하는 스킬은 '평범하지 않은 강력한 주먹'이다. 데미지를 조절할 필요가 항시 있으니까. 하지만 지금은…….

—스킬. 치명적인 주먹을 사용합니다.

한주혁의 주먹에서 이펙트가 일었다. 평타보다 강력한 주먹. 평타보다 강력한, 치명적인 주먹이 '기르칵투의 분신'의 머리를 강타하려는 순간.

"혀, 형님!"

루펜달이 멀리서 보기에 한주혁의 몸이 기르칵투의 입에 집어삼켜지는 것처럼 보였다. 기르칵투의 움직임은 빛살처럼 빨랐다. 꼬꼬를 집어삼키는 것처럼 달려들다가 갑자기 방향을 바꿔 한주혁을 집어삼켰다.

'젠장!'

그는 눈으로 봤지만 믿을 수 없었다. 공격을 제대로 하기도 전에 삼켜진 거 같았다. 이러면 답이 없지 않은가. 히든 보스 몬스터라니. 이름값을 톡톡히 하는 것 같았다. 형님이 당하면 답 없다. 그냥 죽는 거다.

그렇게 생각했는데.

—상태이상이 해제됩니다.

—석화마법이 풀립니다.

—몸을 움직일 수 있습니다.

라는 알림과 동시에 커다란 비늘 하나가 쿵! 떨어져 내렸다.

—축하합니다!

—기르칵투의 분신을 사냥하였습니다!

—기르칵투의 껍데기가 보상으로 주어집니다!

루펜달은 정신을 차렸다.

'응?'

하지만 당황하지는 않았다. 그래, 저 형님은 원 펀치의 사나이지. 새삼스러울 것도 없다!

'나의 신앙이 아직도 부족하구나……!'

루펜달은 황급히 달려갔다. 괜찮으시냐고 묻지도 않았다. 저 형님은 괜찮은 것이 틀림없으니까. 덩치만 거대하고 포스만 쩔었던 기르칵투의 분신인지 나발인지. 그딴 건 형님한테 아무런 위해도 끼칠 수 없으니까.

"우와. 아저씨, 또 한 방이네요?"

"……그러네?"

포스가 장난 아니길래, 게다가 벌레들을 도망치게 만들고 한곳으로 몰아야만 생성되는 특별한 조건이 있어야만 하길래 좀 강력한 놈일 줄 알았더니. 그래서 치명적인 주먹을 사용해서 때려봤는데 그냥 죽었다.

"근데 잿더미가 안 생겼어요. 분신이라너니 진짜인가 봐요. 본체는 어디에 있을까요? 제가 큰 도움 못 드려서 미안해요. 얼른 강해져서 아저씨 꼭 도울 거예요."

그리고 문득 생각난 듯 공손하게 허리를 숙였다.

"아까 도와주셔서 고맙습니다."

"뭐가?"

"아까 쟤가 저 물려고 그랬는데 아저씨가 도와준 거잖아요."

보긴 봤나 보다. 아까 위험하긴 했다. 방어력이 약한 천세송은 놈에게 물렸으면 죽었을지도 모른다. 놈은 마치 사마귀처럼 가만히 있다가 갑작스레 덮치는 공격행태를 가지고 있다.

천세송은 눈치를 살폈다. 아저씨가 거칠게 안았을 때 좀 설렜어요. 라고 말하려고 했지만 말했다가는 '까불지 마. 다음부턴 안 도와준다'라면서 혼낼 거 같아서 참았다.

한주혁이 말했다.

"더 이상의 보상은 없는 것 같고. 루펜달, 보상 챙겨."

"이미 인벤토리에 넣는 중입니다! 부피가 너무 커서 로딩 시간이 좀 있습니다! 헤헷! 펫의 역할은 제게 맡겨주십시오!"

더 이상의 보상은 없다. 꽤 강력한 놈이었는데? 그렇다면 끝이 아니라는 소리다. 기르칵투의 분신을 잡았다. 서쪽 구역에서. 나머지 구역에서도 또 분신을 잡을 수 있는 건가?

'본체를 잡아야만 본 보상이 떨어지는 거고.'

그리고.

'저 허물 같은 건 연계 퀘스트처럼……. 다음 관문으로 넘어가기 위한 연계 아이템일 가능성이 매우 높겠어.'

알림이 들려왔다.

-'기르칵투의 분신' 사냥이 완료되었습니다.

-일부 클리어로 인정되어 던전 밖으로 이동합니다.

-제한시간 36시간이 주어집니다.

-36시간 이내에 다시 기르칵투의 동굴에 도전할 시, 히든 퀘스트가 추가됩니다.

정비시간이 주어졌다. 한주혁 일행은 동굴 밖으로 이동했다.

헤리아 연합은 철저하게 무너졌다. 마르칸은 비롯하여 그 안에 속해 있던 모두가 뿔뿔이 흩어졌다. 대연합 신성에서 어깃장을 놨기 때문이다. 강무석에게 밉보인 영향은 매우 컸다. 그 어떤 연합에서도 퀘스트를 공유해 주지 않았으며 그 어떤 사냥터에서도 마르칸을 받아주지 않았다.

'늦둥이를 위해서…….'

블루 스톤이라도 사냥하려고 했는데 그마저도 쉽지 않았다. 그곳을 관리하는 중소연합들도 마르칸을 받아주지 않는데다가 파티원을 찾기도 힘들었다. 헤리아 연합이 다시 뭉치면 무조건적인 척살을 하겠다는 강무석의 엄포가 있었기 때문에 다시 뭉칠 수도 없었다.

'우리 딸 대학 보내야 하는데.'

진작 현금을 모아놨어야 했는데. 사업을 더 확장하느라 투자금만 들어가고 있던 상황. 이대로는 정말로 파산하게 생겼다.

적어도 이곳, 한국 기반 대륙에서는 그에게 기회가 없었다. 간혹가다 괜찮은 사냥터, 그러니까 혼자서 사냥하여 화이트 스톤이나 블루 스톤처럼 급 낮은 스톤을 얻을 수 있는 사냥터들에서 사냥을 하면 어느샌가 관리자가 다가와 그를 쫓아냈고, 그렇지 않은 곳은 아예 레벨 제한 때문에 입장이 불가능했다. 레드 스톤을 얻을 수 있는 상위급 사냥터에서 파티원 없이 혼자 사냥하는 것 역시 불가능했고.

'내가 이렇게 무력했나?'

혼자서 블루 스톤 하나 못 얻을 정도로?

'이렇게 무너질 수는 없다.'

한국에서는 소연합장인 그를 보호해 줄 제도적 장치가 없었다. 한국은 신성 공화국이며, 정부는 재벌들 편이다. 자신 같은 소시민(소시민치고는 꽤 성공하긴 했었지만)은 정부나 대연합 앞에서 한낱 반딧불이 같은 인생인 것이다.

'이렇게 된 거 차라리 절대악을 찾아가자.'

억울하다고 하소연할 수도 없다. 그랬다가는 정말로 의문의 사고를 당할지도 모른다. 자신은 신상이 공개되어 있는 플레이어니까.

어차피 절대악은 대연합들을 상대로 싸움을 하고 있다. 그의 그늘 밑에 들어가면 낫지 않을까. 적어도 지금보다는 나은 상황이 펼쳐지지 않을까? 거기에 희망을 품어보기로 했다.

기르칵투 동굴로 향했다.

한주혁은 잠시 휴식을 갖기로 하고 로그아웃을 했다. 배가 고파 거실로 향하는데, 한세아의 방 안에서 흐느끼는 소리가 들려왔다.

"야, 너 왜 우냐?"

"응? 안 울었어."

한세아는 한사코 울지 않았다고 손사래를 쳤다. 눈이 시뻘게진 상태로 말이다. 한주혁이 캐물었다

"솔직히 말해라."

"아무 일도 없었어."

아무 일도 없지 않았다. 똥인지 된장인지 꼭 먹어봐야 아는

건 아니다. 한참의 시간이 흘렀다.

한세아가 결국 솔직하게 말했다.

"나보고 끼어들지 말래, 근본도 출신도 없는 날파리 같은 년이래. 운 좋게 성좌를 얻은 것 말고는 볼 게 아무것도 없는 년이니까, 입 닥치고 시키면 시키는 대로 하래."

"……누가?"

"닉네임은 몰라. 성좌 중의 한 명이야. 나 말고 다른 성좌들은 거의 서로가 아는 것 같았어. 강무석도 그렇고."

"외국인도?"

"모르겠어. 오빠, 나 너무 서러워."

그러면서 한세아는 엉엉 울었다.

"우리 엄마 아빠가 그렇게 잘못했어? 재벌이 아닌 게 그렇게 잘못이야? 그게 잘못된 거야?"

한주혁은 인상을 찡그렸다. 아마도 사람들이 흔히 말하는 그 '신귀족 세력'인 것 같다. 200년간의 세월을 거치면서 공고하게 만들어진 재벌 집안과 권력가 집안. 그것은 세계적인 추세였는데, 특히나 한국이 그 정도가 심했다.

"우리가 흙수저인 게 우리 잘못은 아니잖아. 그치? 우리는 잘못한 거 없지? 나는 우리 엄마 아빠가 부끄러운 적이 한 번도 없었어. 오빠도 그렇지?"

"……."

"우리가 돈이 없지. 근본이 없는 건 아니잖아. 근데 왜 근본이 없다그래?"

음. 어, 근데. 우리라니. 나는 돈이 없지 않은데. 세상에 밝히지 않았을 뿐. 스카이데블이 도시건설에 돈을 엄청나게 잡아먹고 있을 뿐. 그래도 조 단위의 골드가 있는데. 그 말은 하지 않았다.

"흙수저로 태어난 게 죄야? 진짜 그래, 오빠?"

흙수저. 이른바 평범한 대다수의 사람들이 잘못한 건 없다. 다만 현재의 사회가 신흥 계급사회화 되어가고 있을 뿐. 대다수의 평범한 사람들은 신귀족 세력보다 돈이 없고 백이 없을 뿐. 범법을 저지르거나 부끄러운 일들을 행하지 않았다. 적어도 한주혁, 한세아의 부모님은 그랬다.

"그 사람들 너무 싫어. 진짜 싫어. 성좌는 개뿔 성좌야. 절대악이 훨씬 낫지."

한주혁은 동생을 쳐다보다가 머리를 두어 번 쓰다듬어 줬다. 26년 평생에 처음이다. 동생 머리 쓰다듬어 주는 건. 그 스스로도 어색해 죽을 것 같았다.

"넌 잘못한 거 없어."

"그치?"

"우리 엄마랑 아빠도 잘못한 거 없어."

한주혁은 안다. 그래도 백수 새끼인 자신과 평범한 동생 키우려고 아등바등 노력하면서 사셨다. 평범한 사람들이 할 수 있는 최대한의 노력을 하면서 말이다. 누가 그 노력을 잘못이라고 말할 수 있을까. 부모님의 노력의 대가로 지금의 자신과 동생이 있을 수 있었다.

"그런 말 하는 그 새끼들이 나쁜 거야."

평소 생각하기로 동생이 엉엉 울고 질질 짜 봐야 짜증만 날 거 같았는데 아니었다. 내색하지는 않고 있지만 한주혁도 열 받았다.

"오빠가 나중에 그 새끼들 혼내줄게."

한마디 덧붙였다.

"존나 무섭게."

몇 시간이 흘렀다. 한주혁은 다시 올림푸스에 접속했다. 루펜달과 천세송이 미리 접속해서 기다리고 있었다.

그런데 그들 말고, 또 다른 이가 한주혁 앞에 모습을 드러냈다.

8장
죽음의 군단

"당신은……?"

중소연합 헤리아를 이끌고 있던 연합장 마르칸이었다. 마르칸은 자신의 사정을 간단하게 설명했다. 절대악을 척살하지 못한 죄로, 모든 곳에서 쫓겨나서 오갈 데 없는 신세가 되었다고.

'아, 첩자가 있었나.'

자세한 상황은 모르겠다.

'신성 개새끼들은 도대체 무슨 생각인 거지?'

상식이 있나?

어차피 나를 못 죽일 걸 알 텐데. 어차피 못 죽일 걸 알지만, 그래도 덤비는 모습이라도 보여라 이건가? 신성 대연합에서 내린 척살령을 무조건 수행해야만 한다, 이건가?

'심지어 신성에 대한 반역?'

황당하다. 자기들이 왕도 아니고, 반역은 무슨 개뿔 반역이란 말인가. 아마 공식 문서는 아닐 거고 강무석이 내린 거겠지. 동생에게 들었다. 강무석은 이미 그 스스로를 귀족이라 생각하고 있었고 평범한 대다수의 사람들을 몰면 모는 대로 움직이는 개돼지라고 생각하고 있는 게 훤히 보인다고 했다.

"……그렇게 됐군요."

원래대로면 이해가 안 될 일이었는데, 하필이면 신성 대연합과 관련된, 그중에서도 강무석과 관련된 일이라니까 이해가 됐다. 이해가 되는 현실이 슬플 지경이다.

"그쪽이 잘못했네요. 감히 한국에서 신성의 뜻을 거스르다니."

"……예."

"신성은 한국의 왕이잖아요. 신귀족 세력."

한주혁이 피식 웃었다. 그 신귀족 세력. 존나 무섭게 혼내줄 거다. 언젠가는.

"일단 이번 던전은 같이 클리어하죠. 길도 잘 알고 있을 테니. 여유 되는 한도 내에서는 돕겠지만 목숨은 스스로 건사하시고."

"물론입니다."

"저를 찾아온 걸 보면 상당히 급박하다는 것일 테고."

상대의 표정에서 급박하다는 걸 알 수 있었다. 마르칸은 솔직하게 얘기했다.

"딸아이가 대학을 아직 못 갔습니다."

더 이상 몰릴 곳도 없다. 집에서 수익이 나는 사람은 오로지 자신뿐이다. 저축을 제대로 해놨어야 했는데. 너무 기고만장했다. 퇴직금 받은 건 헤리아 연합 창설하느라 다 썼고.

"클리어하는 동안 레드 스톤 하나 정도만 구할 수 있으면 됩니다."

그러면 급한 불은 끌 수 있다. 염치없다는 거 안다. 이 정도면 무임승차나 다름없다. 레드 스톤 하나. 원래 헤리아 연합이 1달 동안 내내 이곳에 매달려야 하나 드랍될까 말까 한다. 그런데 그걸 달라고 요구했다. 염치없고 뻔뻔한 거 안다. 하지만 그는 그럴 수밖에 없었다.

당장 급한 그게 없으면, 당장에라도 압류가 들어올 거다. 집에 있는 마누라랑 딸아이 괴롭게 만들고 싶지 않다. 가족을 위해서 염치없어지는 거. 뻔뻔한 거. 손가락질받는 거. 다 감내할 수 있다. 욕하고 때려도 괜찮다. 그게 가장으로서 그의 생각이었다.

'안 된다고 하면…….'

사실 안 된다고 할 가능성이 높다. 레드 스톤이 바닥에 굴러다니는 그런 흔한 돌도 아니고. 무려 5억에 달하는 엄청난 아이템인데. 그걸 순순히 내줄 리 없지 않은가.

"뭐, 쉬운 조건이네요."

다른 사람에게는 몰라도, 한주혁에게는 전혀 어렵지 않은 조건이다. 하늘로 흐르는 강에 가서 백참격 한 번 쓰면 레드스톤 하나쯤 드랍되지 않는가.

마르칸은 자신의 귀를 믿을 수 없었다.

'쉽다고?'

아니, 그럴 리 없다. 아무리 절대악이라도 5억짜리 아이템을 쉽게 치부할 수는 없는 법이다.

'나를…… 배려하고 있는 거다.'

그랬다. 분명히 그런 것이다. 자신이 부담 갖지 않도록. 일부러 저렇게 쉬운 듯, 별거 아닌 듯 얘기하고 있는 것일 터. 절대악이 이름과 다르게 그다지 절대악같이 느껴지지 않았다. 하도 여기저기서 거절당하다가 온 터라 더 그랬다.

"대신 제가 마르칸 님을 정치적으로 이용할 수 있다는 사실도 알아두세요."

"물론입니다."

그래서 절대악을 찾아온 거 아닌가. 절대악은 결국 대연합들과 제대로 부딪치게 되어 있고, 그 와중에 정치싸움이 개입될 확률이 높았다. 자신은 분명히 신성 연합에 흠집을 낼 도구로 사용될 수 있을 거다.

'도박이다.'

절대악이 이길지. 대연합이 이길지. 그건 모른다. 그는 절대악의 줄을 잡기로 했다.

대연합 신성. 그곳의 대연합장인 강무환이 강무석을 집무실로 불렀다.

"예, 연합장님."

"둘만 있을 때에는 편하게 할아버지라 불러도 좋다."

"네, 할아버지."

강무환도 보고를 들었다. 강무석이 흥분해서 '반역'이라는 말까지 사용하면서 소연합 하나를 박살 내놨다는 보고였다.

"네가 너무 심했구나."

"……저도 그렇게 생각하고 있습니다."

그는 개돼지들을 굉장히 쉽게 봤다. 감히 대연합 신성에 반기를 들어? 이렇게 동조할 줄 알았다. 그가 커온 환경이 그를 그렇게 만들었다. 그런데 현실은 아니었다. 오히려 반감을 불러일으켰다. 마르칸이 불쌍하다는 여론까지 있었다. 신성이 너무했다는 얘기도 많았다.

"개돼지들은 멍청하지만, 또 멍청한 만큼 이리저리 잘 휩쓸리기도 하지. 너는 그 점을 명심해서 놈들이 신성에게 적대감을 갖지 않도록 적당히 조절하는 법이 필요하다. 아무리 농장 주인이라도 제 소유의 개돼지를 학대하면 고발당하는 법이거든."

"……본보기가 필요했습니다. 절대악에 동조하면 어떻게

되는지.”

“앞으로는 척살. 뒤로는 회유. 기본적인 방침을 잊지 말거라. 절대악에 지나치게 대적하는 것도 좋지 않아.”

강무석은 대들고 싶었다. 회유는 무슨 회유란 말인가. 보아하니 출신도 근본도 모르는 천민이다. 귀족이 어찌 천민 따위를 신경 쓰느냔 말이다. 개돼지는 개돼지로 보면 족하다.

‘할아버지도 많이 늙으셨어.’

젊었을 때는 더 강경했었는데 아버지가 사고로 돌아가신 이후, 많이 유약해지셨다.

‘귀족은 귀족. 개돼지는 개돼지다. 출신은 어쩔 수 없어.’

회유는 없다. 그런 놈 회유하지 않아도, 신성은 얼마든지 잘 먹고 잘살 수 있다. 그를 회유한다? 귀족으로서의 그의 자존심이 용납하지 못했다.

“한 가지 정보를 확인했습니다. 갑자기 큰 액수의 골드를 환전했거나 집안 전 재산이 5억 이내의 평민들 중, 대출 없이 외제 차를 산 경우 혹은 3억 이상의 집을 산 젊은 사람을 찾아봤습니다.”

절대악을 찾기 위해서. 놈은 분명 많은 돈을 벌었고, 따라서…….

조사하면서 황당했다. 전 재산이 5억이 안 넘어? 어떻게 살지? 그리고 또 대출 없이 외제 차를 사는 게 당연하지 않아? 원래 차는 일시불인데. 게다가 집이 3억? 그런 집에서 누가 사냔 말이다. 그야말로 거지 아닌가. 가진 것도 뭣도 없는 진짜 개돼지들.

어쨌든 비서실장이 이러한 조건으로 사람을 물색하라 조언했고 강무석은 그 조언을 받아들였다. 개돼지들의 실상을, 비서실장이 더 잘 알고 있었으니까.

강무석이 한심하다는 듯 말했다.

“몇 안 되더군요.”

저렇게 아무것도 아닌 것을, 왜 못하는 거지? 강무석은 서민들의 삶을 이해할 수 없었다.

“한세아라는 아이가 있었습니다.”

“그래?”

“제가 파악하기로……. 7번 성좌일 확률이 매우 큽니다.”

“유리아의 말이 맞았구나.”

유리아가 그랬다. 근본도 없는 천민 출신이라고.

“예, 7번 성좌가 되어 운 좋게 돈을 벌어 집을 산 모양입니다.”

“그 정보는 우리에게 별로 유의미하지 않을 것 같구나.”

절대악은 찾지 못했다. 그놈, 돈이 생겼으면 어떻게든 표시를 내려고 할 텐데. 개돼지들의 특성상, 졸부의 특성상 분명히 그럴 텐데. 아직 표가 나지 않았다. 생각보다는 용의주도한 놈일 수도 있다. 아니면 대연합 신성의 위세가 두려워 나서지 못하고 있거나.

"7번 성좌를 신성의 하수인으로 만들 수는 있겠지요. 신성에 두 명의 성좌가 있다는 것이 알려지면, 대외적으로도 좋은 이미지를 만들 수 있을 겁니다."

마르칸이 안내했다.

"이쪽입니다."

서쪽 관문을 완전히 클리어했다고 했다. 한주혁이 말하길 두 번째로 쉬운 관문을 알려달라고 했다. 사실 '구역'의 관문 난이도 자체는 사람마다 다르다. 팀을 어떻게 구성해 오느냐에 따라서 약간씩 다르긴 한데, 마르칸은 마르칸의 기준대로 안내를 해줬다.

"동쪽으로 이어지는 통로입니다. 마찬가지로 둔화 결계가 펼쳐져 있습니다. 갈림길이 나오게 되는데, 오른쪽 갈림길을 택하여 들어가면 서쪽 구역과 비슷한 '막다른 갈림길'이 나타나게 됩니다. 그곳에도 역시 두 개의 갈림길이 있으나, 둘 모두 막혀 있는 곳입니다."

한주혁이 고개를 끄덕였다.

"그 갈림길 두 곳에서 개미와 지네가 번갈아가면서 나온다고요."

"맞습니다."

한주혁이 꼬꼬의 엉덩이를 툭툭 쳤다.

"꼬꼬."

그러고서 골드를 한 움큼 집어서 꼬꼬에게 줬다.

키에엑!

꼬꼬는 신났다.

소리 몇 번 지르고 저 작은 벌레들을 쫓아주기만 하면 이 맛좋은 골드를 맘껏 먹을 수 있지 않은가.

광역 부리쪼기를 사용해서 놈들을 마구마구 공격하고 싶었다. 그러면 또 이거보다 더 맛좋은 빨간색 돌이 떨어지는데. 저 펫 1호를 노리는 나쁜 녀석만 아니면 그걸 먹을 수 있을 거 같은데.

키엑!

꼬꼬는 다짐했다. 빨간 돌이 나오면 그 누구보다 빠르게 먹어치우고 말겠다고. 승리의 세레머니 같은 건 하지 않겠다고. 저번에도 승리의 세레머니하다가 저놈에게 빼앗기지 않았던가.

마르칸은 또다시 봤다. 개미와 지네가 나오다가 도망치다가를 반복했다. 그사이 꼬꼬가 대활약을 했다.

–스킬. 광역 부리쪼기를 사용합니다.

꼬꼬가 바닥을 내리찧을 때마다 황금빛 이펙트가 터져 나오고 수십 마리의 벌레가 유명을 달리했다.

—스킬. 꼬꼬의 식탐이 발현됩니다.

—스킬. 꼬꼬의 식탐이 발현됩니다.

—스킬. 꼬꼬의 식탐이 발현됩니다.

꼬꼬의 식탐은 강렬한 염원을 담은 광역 부리쪼기를 사용하게 만들었고, 그것은 이내 루펜달이 PVP 전문 플레이어다운 기민하고도 영리한 움직임을 보이게 만들었다.

"라피드 스텝! 블링크! 연속 블링크!"

엄청난 컨트롤 실력을 바탕으로 이루어진 연계 마법에 이어.

"형님, 제가 또 가져왔습니다."

레드 스톤을 획득하는 재치까지.

키에에에에엑!

꼬꼬는 분노의 날갯짓을 하듯 푸득거렸으나 그 레드 스톤이 한주혁에게 넘어가는 것을 보고 이내 그 분노를 가라앉혔다. 주인님한테 까불면 안 된다. 진짜 아프다. 맛있는 거 못 먹는 거보다 아픈 게 더 싫다.

키엑!

하나로 안 되면 두 개 나오게 하면 된다. 두 개로 안 되면 세 개다!

—스킬. 꼬꼬의 식탐이 발현됩니다.

마르칸은 황당했다.

'단순히…… 운이 좋은 거겠지?'

헤리아 연합이 1달 동안 사냥해야 겨우 1개 떨어질까 말까 한 특수 사냥터다. 평균적으로 1달에 1개 떨어진다.

'그래, 오늘이 그날일 수도 있어.'

그는 꼬꼬의 식탐 스킬을 모른다. 오늘이 '운 좋은 날'일 확률을 배제할 수 없었다. 이곳을 수백 번 넘게 클리어한 그가 보기에는 그랬다. 그게 상식이었다.

얼마 뒤.

알림이 들려왔다. 특수한 조건을 만족하였으며 숨겨진 통로인 '새로운 통로'가 발견되었다.

한주혁이 말했다.

"위험할 수 있어요."

한주혁은 천세송, 루펜달, 마르칸, 꼬꼬 전부에게 공용 버프를 걸어줬다. 기본 중 기본 마법. 디펜스 업이었다. 그걸 처음 받은 마르칸은 신세계를 접했다.

"이거…… 공용마법 아니었습니까?"

절대악쯤 되면 무슨 말도 안 되는 사기 스킬을 쓰는가 했더니, 공용마법이다. 이게 도대체 무슨 말이란 말인가.

'진짜 공용마법?'

진짜다. 진짜 공용마법이었다. 놀라움은 잠시였다.

'기분 나쁘군.'

뭐랄까. 이 어두운 통로에서 뭔가가 자신을 지켜보고 있는 것 같았다. 동굴 벽면에 몸이 닿았는데 차갑기까지 했다. 기분 나쁜 무언가와 팔이 닿은 것 같은 그런 느낌.

한주혁이 또다시 공용 보조마법을 사용했다.

"라이트."

한주혁은 이미 대비하고 있었다.

놈의 초록색 눈동자를 발견했다. 처음처럼 놀라지 않았다. 형식은 서쪽 구역과 비슷한 것 같았다. 천장이 아니라 벽면에 붙어 있었다는 게 달랐지만.

한주혁이 주먹을 내뻗었다. 올림푸스 매니아를 뜨겁게 달군 평타였다.

마르칸은 뒷걸음질 쳤다.

'저 거대 몬스터는…… 상대를 알아본다.'

마르칸은 분명 살기를 감지했다. 저 평타 이후에, 그 약간의 딜레이 이후 가장 만만해 보이는 자신을 공격할 것이 뻔했다.

'진짜 평타를 사용하다니.'

진짜 주먹이었다. 아무런 이펙트도 없었고 무기도 없었다. 아까는 공용마법. 이번에는 평타다. 평타는 아무리 강해도 평타.

히든 보스 몬스터. 비록 분신이라 할지라도 그 히든 보스 몬스터를 죽일 수는 없는 법. 절대악이 아마도 잠깐 간을 보는 것 같다.

그는 마음을 굳게 먹었다.

'내 몸은 내가 지켜야 돼.'

죽을 수는 없다. 효용 가치를 인정받지 못할 거다. 지킴받아야 하는 신세도 아니다. 그 역시 산전수전을 다 겪은 상태. 두 눈을 부릅떴다. 머릿속으로는 전략까지 다 짜놨다.

'팔을 내주고 급소는 피한다. 그 이후로는 어떻게든 되겠지.'

그랬는데 뭔가 조금 이상했다.

'응……?'

한주혁은 피식 웃었다. 그의 눈에, 마르칸이 긴장하는 게 보였으니까. 그래, 저런 반응은 정상이다. 아무리 절대악이라도 히든 보스 몬스터를 한 번에 죽일 수는 없으니까. 평타로는.

저게 일반적이고, 지극히 상식적인 생각이다. 더군다나 마르칸은 한주혁 자신이 제대로 활약하는 것을 보지도 못하지 않았는가.

평타가 제대로 들어갔다.

–크리티컬샷!

운 좋게도(?) 크리티컬샷이 터졌다. 사실상 크리티컬샷이 아니어도 그다지 문제가 되지 않지만 어쨌든 크리티컬샷은 크리티컬샷.

–기르칵투의 분신을 사냥하였습니다.

쿵!

뭔가가 떨어져 내렸다.

마르칸은 기겁했다. 드랍된 커다란 아이템의 정체는 '기르칵투의 두 번째 허물'이었다.

'설마 끝?'

검은 잿더미가 보이지 않는데?

'분신이라서 없는 건가?'

그는 상황을 믿기가 좀처럼 쉽지 않았다. 진짜 평타였는데?

'평타로 끝?'

크리티컬샷이 떴나? 아니, 아무리 크리티컬샷이라도 한 방에 저게 가능한가?

'명색이 히든 보스 몬스터인데?'

본체가 아니라 분신이라서 아마도 그럴 거라고 생각했다. 뭐가 어찌 됐든 좋은 건 좋은 거였다. 아부를 하려고 그런 게 아니라, 정말로 감탄사가 튀어나왔다.

"대, 대단하십니다……!"

인간이 이룰 수 없는 기적을 눈앞에서 만들어 낸 사람 같달까. 눈앞에서 절대악의 평타를 마주하니, 7명의 성좌가 불쌍한 게 아닐까 싶을 정도였다.

알림이 들려왔다.

–'기르칵투의 분신' 사냥이 완료되었습니다.

–일부 클리어로 인정되어 던전 밖으로 이동합니다.

–제한시간 36시간이 주어집니다.

–36시간 이내에 다시 기르칵투의 동굴에 도전할 시, 히든 퀘스트가 추가됩니다.

마르칸의 어안이 벙벙한 사이, 보스 몬스터는 잡혔고 클리어가 인정됐다. 밖으로 나왔다. 한주혁은 이 상황이 너무나 당연했다.

"덕분에 분신 잡는 게 빨리 잘 끝났네요."

"아, 네……."

마르칸은 칭찬을 받는 것 자체가 굉장히 창피했다. 내가 한 게 뭐 있다고. 히든 보스 몬스터를 한 주먹에 잡아 버린, 그것도 노아이템 노스킬 평타로 잡아버린 저 사람에게 칭찬을 받는단 말인가.

하지만 그건 마르칸의 생각이고, 한주혁의 생각은 달랐다.

'확실히 지형을 잘 아는 사람이 옆에 있으니까 편하긴 편하네.'

마르칸은 이 길을 수백 번 넘게 다닌 사람이고, 당연히 지형을 잘 알았다. 한주혁에게 히든 보스 몬스터는 평타 한 방이지만, 실은 그렇지 않다. 한주혁에게는 히든 보스 몬스터보다 올바른 길 찾아가는 게 더 힘든 일이다. 그런 의미에서 마르칸은 큰 도움이 되고 있다고 봐도 무방했다.

"그럼 바로 세 번째 관문으로 이동하죠."

준비는 다 해왔다. 꽤 괜찮은 안내자도 있겠다, 빠르게 클리어를 진행하기로 했다.

-던전. 기르칵투 동굴에 입장하시겠습니까?

기르칵투 동굴. 남쪽 구역.

"이곳은 동굴의 절벽이라 불리는 지형입니다. 발밑을 조심하셔야 합니다. 갑자기 길이 끊깁니다. 저희가 아이템으로 측정해 본 결과 약 70미터 정도 되는데, 이 밑을 통과하지 않아도 클리어가 인정되기 때문에 굳이 탐사해 본 적은 없습니다."

마르칸은 기억을 떠올렸다.

"예전에 신성 연합 차원에서 탐사를 한 번 해본 적이 있습니다. 레벨 60대 플레이어들이었는데 몰살당했다고 했었습니다. 그 이후로는 탐사가 암묵적으로 금지되어 있는 상황입니다."

위험한 곳인데 굳이 들어가지 않아도 클리어가 가능하다? 돈벌이를 위해 이곳을 찾는 플레이어들은 저곳을 갈 필요가 없다.

하지만 한주혁은 아니었다.

"꼬꼬."

꼬꼬가 도도한 눈빛으로 루펜달을 쳐다봤다.

키엑!

나는 날 수 있어.

키에엑!

너는 날 수 있냐?

키엑! 키엑!

내가 펫 1호다! 건방진 인간!

루펜달은 그 눈빛을 읽었다. 꼬꼬가 도발하는 게 느껴졌다. 절대자인 형님은 전혀 모르고 있지만, 제1호 펫을 위한 꼬꼬와 루펜달의 눈치 전쟁은 현재진행형이다.

꼬꼬가 광역 부리쪼기를 사용했다. 꼬꼬가 의도한 건 아닌데 '꼬꼬의 식탐' 스킬도 발현됐다. 한참의 시간이 흘렀다.

"블링크!"

루펜달은 여전히 빨랐다.

"과연 펫 1호답지 않습니까? 형님, 여기 레드 스톤입니다. 누구보다 빠르고 정확하게. 레드 스톤을 수거해 왔습니다."

"잘했어."

마르칸도 이쯤 되자 알게 됐다.

'저 꼬꼬라는 펫에게……. 몬스터 스톤 드랍율을 높여주는 특수스킬이 있는 거 같다.'

이쯤 되면 대박 펫이다. 몬스터 스톤 드랍율을 높여주는 특수스킬이 없다면 지금 이 상황은 말도 안 되는 상황이다. 1달 동안 겨우 한 번 나올까 말까 한 레드 스톤이 두 번의 클리어 동안, 두 번이 나왔다. 단순히 운이 좋다, 라고는 설명하기 어려웠다.

'저 펫만 팔아도 수천억은 거뜬하겠어.'

저 펫을 다룰 수만 있다면.

'승마공주 유리아라면 테이밍할 수 있지 않을까?'

안 그래도 부자로 소문난 유리아다. 그녀라면 가능할 수도 있지 않을까 생각했다. 한국에서 제일 비싼 말, 아니, 유니콘도 테이밍하는 데 성공하지 않았던가.

루펜달이 말했다.

"형님, 꼬꼬를 타고 아래로 내려갈 생각이십니까?"

"그렇지."

꼬꼬가 사용하는 스킬. '제왕의 포효'에 의해 벌레들이 아래로 도망쳤다. 꼬꼬의 등에 올라타려고 하는데, 천세송이 말했다.

"아저씨, 있잖아요. 저도 같이 싸워보면 안 돼요?"

"네가?"

"네. 저도 지금 2천 슬롯 정도를 벌레형 몬스터들로 채웠거든요. 그런데 얘네들을 제대로 활용해 볼 기회가 없어서요."

"음."

생각해 보니 그것도 그렇다.

"그래, 그럼. 나는 뒤로 빠져 있을 테니까 네가 주력으로 공격해 봐."

뭐 그다지 어려운 부탁도 아니어서 그러라고 했다.

키에엑!

꼬꼬가 네 사람을 태우고 하강했다. 한주혁이 보조 마법, 라이트를 사용했다.

키에에에엑!

그와 동시에 꼬꼬가 거의 비명에 가까운 괴성을 내지르고 다시 날아올랐다. 의도인지 아닌지는 모르겠다만 루펜달이 떨어졌다.

"혀어어어엉님!"

안타깝게도 루펜달은 사망했다. 검은 잿더미가 된 그가 크게 외쳤다.

"형님! 48시간 후에 다시 접속하겠습니다! 이 루펜달을 기억하여 주십시오!"

잿더미가 된 이후에도 루펜달은 절대악을 향한 충성을 맹세했다. 한주혁은 머리를 긁적거렸다.

"야, 꼬꼬. 너 일부러 그랬냐?"

키엑!

꼬꼬는 하늘로 날아오르며 고개를 저었다.

"일부러 그랬으면 아주 혼났을 줄 알아. 골드고 뭐고 없어. 알았어?"

꼬꼬는 고개를 끄덕였다. 눈동자가 파르르 떨리는 것이 어지간히 겁을 집어먹은 것 같다. 주인님의 저 주먹. 엄청 아픈 주먹 아닌가.

"아저씨, 시작할게요."

루펜달이 단순히 떨어져서 사망한 건 아니다. 저만치 아래. 바닥이라 짐작되는 깊은 곳은 붉은색이었다. 독니와 혀가 날름거리는 곳. 몸통의 크기가 얼마나 될지는 모르겠다만, 입이 굉장히 컸다. 놈은 마치 먹잇감을 기다리고 있는 것처럼 큰 입을 벌리고 있었다. 루펜달은 그 안으로 빨려 들어가서 꿀떡 삼켜지고 만 거고.

마르칸은 침을 꿀꺽 삼켰다.

'상황이 이런데도 저 여자애한테 맡기는 건가?'

루펜달이 죽었다. 레벨 50대에 불과하지만 컨트롤 능력이 매우 뛰어난 PVP 전문 플레이어 아닌가. 조금 불안했지만 어쩌랴. 저 네크로맨서라 짐작되는 여자가 활약을 해주길 바라는 수밖에.

“일어나라. 죽음의 군단이여!”

그랬는데 상상을 초월했다.

“흐익?”

마르칸은 기겁했다. 자신을 공격해 왔고 미친 듯이 괴롭히기까지 했던 수많은 벌레 떼가 갑자기 모습을 드러낸 거다.

“헉……!”

깜짝 놀랐다. 그런데 조금 달랐다. 크기가 미세하게 더 컸다. 더 딱딱한 갑옷을 입고 있는 것 같은 느낌. 정확하게는 모르겠으나 뭔가가 달라졌다.

‘이 숫자는…….’

말이 안 되는 숫자다. 그 역시 연합 생활을 하면서 네크로맨서들을 봤었는데 이건 정말 말도 안 된다.

‘최소 2천 이상.’

아니, 그의 경험으로 따지면 이건 2천도 아니다. 3천? 아니, 이건 4천에 육박하는 숫자다.

‘미쳤군.’

레벨 60대 초반의 몬스터, 물론 한 마리, 한 마리는 약하지만 어쨌거나 60 초반으로 설정되어 있는 몬스터들 4천 마리를 한꺼번에 다룰 수 있는 네크로맨서라니. 그는 전율을 느꼈다.

‘절대악에 붙어야만 한다.’

성좌들이 얼마나 강할지는 모르겠지만 이런 능력을 가지진 않았을 것 같다. 실제로 홍염의 검투사. 1번 성좌 강무석이 절대악에게 완패하지 않았던가.

'여기가 동아줄이다!'

그런데 놀라움은 거기서 끝이 아니었다. 한주혁이 악의 공간과 악의 독려를 사용하자.

–'동굴 지네'의 등급이 상향조정됩니다.

–'동굴 개미'의 등급이 상향조정됩니다.

언데드의 등급이 상향되면서 외관적인 변화가 생겼다. 몸에서는 검은색 마기가 풀풀 풍겨져 나오고, 턱이 더 발달하면서 훨씬 더 험상궂은 생김새로 변했다. 덩치도 더 커져서 4천 마리가 아니라, 6천 마리쯤 되어 보였다.

–랜덤 효과 적용!

–'동굴 개미'가 '동굴 여왕 개미'로 진화합니다!

게다가 한 마리가 갑자기 커지기 시작했다. 사람의 새끼손톱보다도 훨씬 작은 동굴 개미 하나가 성인 남자만큼 커졌다.

천세송이 M/P포션을 마셨다.

"아저씨, 저 M/P포션 마시는 거 처음이에요."

그녀는 흥분했다. 첫 경험이다. 사령술을 사용하는 데 M/P가 부족하다니. 한주혁의 버프와 앱솔루트 네크로맨서 클래스 버프로 무려 3단계나 등급이 향상된 언데드 군단의 위세는 어마어마했다. 동굴 벽에 붙어 있는 수많은 벌레들을 순식간에 쓸어버리고 맨 밑. 입을 벌리고 있던 '기르칵투의 분신'을 향해 진격했다.

그리고 동굴 여왕 개미의 몸통 끝에서는 붉은색 개미들이 태어나기 시작했다. 그 숫자가 엄청났다.

한주혁도 그걸 봤다.

'백.'

백 마리가 이백 마리가 됐다.

'사백.'

놈들은 스스로 분열했다.

'팔백.'

대단히 빠른 속도로.

'천육백.'

한 마리가 두 마리로 분열. 그 속도가 가히 상상을 초월할 정도였다.

"야, 그만하라고 해. 너 M/P랑 체력은 관리해 가면서 하는 거냐? 체력 안배에 신경 써야지."

"알았어요!"

천세송은 확실히 컨트롤 능력이 일반인에 비해서도 많이

부족했다. 그냥 부족한 정도가 아니라, 아주 뒤떨어졌다. 하지만 한 가지는 확실했다.

붉은 개미와 동굴 개미의 군단은 순식간에 이곳의 지배자. 기르칵투의 분신을 씹어먹어 버렸다. 적어도 한주혁의 평타만큼의 파괴력은 나오는 거다.

'미쳤군.'

대량살상전에 있어서 이보다 더 강력한 능력이 있을까?

'내가 천참격…… 아니, 만참격을 사용해도…….'

혹은 레벨 제한 99에 달하는, '파천무' 정도 되는 대단위 광역 스킬이 있다고 해도. 대규모 살상전에 있어서는 얘한테 안 될 거 같다. 악의 공간과 악의 독려 버프를 받은 천세송은 그야말로 천군만마나 다름없었다.

–'기르칵투의 분신' 사냥이 완료되었습니다.

–일부 클리어로 인정되어 던전 밖으로 이동합니다.

–제한시간 36시간이 주어집니다.

–36시간 이내에 다시 기르칵투의 동굴에 도전할 시, 히든 퀘스트가 추가됩니다.

마르칸은 또다시 감탄했다. 절대악만 강한 게 아니구나.

'절대악은 물론이고…….'

저 여자도 엄청 강했다. 방금의 무력. 봤다.

물론 저 힘을 언제까지고 사용할 수는 없을 거다. 보아하니 사용시간이 그렇게 길지는 않을 거다. 수천에 달하는 언데드를 사용한다? M/P가 버텨주지 못한다. 그게 당연했다.

'근데 지금 레벨이 50대, 40대라고 하지 않았나?'

그가 알기로 대충 그 정도 된다. 그 레벨에 저런 능력이라니. 가히 사기라고밖에는 할 수 없었다.

한주혁이 말했다.

"24시간 후에 다시 모이기로 하죠."

"루펜달 아저씨 때문에 그러는 거예요? 그 아저씨 없어도 저희끼리 가능하잖아요."

"루펜달은 풀카오라 어차피 48시간 동안 접속 못 해. 그거랑 상관없이 내가 오늘 조금 바빠."

올림푸스의 일도 올림푸스의 일이지만, 현실의 일도 현실의 일이다. 오늘은 대망의 이사 날이다.

"알았어요. 그러면 24시간 후에 여기로 다시 올게요."

그런데 천세송은 할 말이 조금 남았다. 아무도 눈치채지 못했지만 그녀의 볼이 아주 미세하게 붉어져 있었다.

"근데요, 아저씨."

"왜?"

"저 오늘 미숙한 점은 많았지만 그래도 좀 잘하지 않았어요?"

마르칸 기준에서 보면 좀 잘한 게 아니다. 사기급 능력이었다. 그는 저런 능력. 본 적이 없다.

“……좀 하더라.”

“칭찬해 주시면 안 돼요?”

“칭찬?”

“잘했다고 칭찬해 주면 힘내서 열심히 할 수 있을 거 같아요. 칭찬해 줘요.”

한주혁은 어이없다는 듯 피식 웃고는 잘했다고 칭찬해 줬다. 천세송의 볼이 더욱 붉어졌다. 그래 봤자 로브에 가려져서 보이지 않지만. 다만 그녀의 목소리가 한 톤 더 높아졌다.

“아저씨한테 칭찬받으니까 신나요. 우리 24시간 이따가 보는 거죠? 마르칸 님도 그때 봐요. 저는 다른 곳에서 사냥하고 있어도 되죠?”

“좀 쉬는 게 낫지 않겠냐?”

“저 아저씨한테 짐 되기 싫어요. 열심히 레벨업해서 꼭 도움 줄 거예요.”

마르칸은 말하고 싶었다. 당신쯤 되는 사기급 네크로맨서가 짐이면, 나는 뭡니까.

그런데 그때, 목소리가 들려왔다.

“역시 이곳에 있었군.”

수풀을 헤치고 누군가가 모습을 드러냈다. 1번 성좌 강무석이었다. 그에게도 학습 능력이 있는지 무턱대고 덤비는 바보 같은 짓은 하지 않았다.

“네게 제안을 하러 왔다.”

9장
목숨은 살려줄게

강무석으로서는 많이 양보하기로 했다. 할아버지의 기본 방침인 '대외적으로는 척살, 뒤로는 회유'에 아주 약간은 동참하기로 한 거다. 절대악의 무력이 강력한 것은 알겠으나 그래도 한국 사람이다. 한국 사람이라면 신성에게 대들어서는 안 된다는 것도 너무나 잘 알고 있을 것이다.

그래서 제안을 하러 온 거다.

"네게 제안을 하러 왔다."

일단 겉으로는 살살 구슬린 다음, 뒤통수를 치면 된다. 밟아도 정말 처참하게 밟아줄 거다. 저놈은 자신의 자존심에 스크래치를 낸 놈이니까. 저놈이 절대악이든 아니면 성좌든 그런 건 상관없었다. 중요한 건 평민인 저놈이 귀족인 자신의 자존심에 상처를 입혔다는 것. 그리고 귀족인 자신이 넓은 아량을 베풀어 놈을 잠시나마 용서해 준다는 것. 그것 아니겠는가.

'이곳이 귀족의 배포다.'

그는 정말로 그렇게 생각했다. 자신이 귀족이니까. 그래서 평민 혹은 노예계급인 저놈에게 특혜를 베푸는 것이라고 말이다.

한주혁이 피식 웃었다.

"싫은데?"

한주혁은 말보다 주먹이 더 빨랐다. 마르칸도 눈으로 봤다. 말보다 주먹이 빠른 것을. 눈으로 보기는 했는데 머리가 그 상황을 받아들이기 힘들었다.

"……응?"

지금 내가 잘 본 것이 맞나?

'죽였어?'

그것도 저 사기적인 평타 한 방으로?

'아니, 평타가 아니었다!'

언제 사용한 건지, 스킬 이펙트가 번쩍거렸다. 단순 평타는 아니었고 어떠한 액티브 주먹 스킬을 사용한 것 같았다. 히든 보스 몬스터조차 한 방에 때려잡는 위력의 평타. 그런데 그 평타보다 강력한 주먹. 그 주먹에 1번 성좌. 홍염의 검투사 강무석은 또 사망했다.

강무석조차 이 상황이 황당한지 약 2초간 아무런 말도 하지 못했다.

"……지금 나를 죽인 것이냐?"

"어, 아마도?"
한주혁은 휘적휘적 걸어가 검은 잿더미를 꾹꾹 밟았다.
이 새끼, 네가 내 동생 울렸겠다. 우리 엄마 아빠 욕했겠다.
강무석은 화가 머리끝까지 차올랐다.
"네가 이러고도 무사할 줄 아나!"
한주혁에게 알림이 들려왔다.

—축하합니다!
—성좌를 사살하였습니다!
—절대악 포인트를 1개 획득합니다!

약 올렸다.
"오예, 성좌 죽였다. 보상이 짭짤하네."
강무석에게도 알림이 들려왔다.

—조심하십시오!
—절대악에게 패배하였습니다!
—성좌 포인트 1개가 소멸됩니다.
—레벨 다운이 진행됩니다.
—레벨 다운이 진행됩니다.
—레벨 다운이 진행됩니다.
—레벨 다운이 진행됩니다.

ㅡ도합 4레벨이 다운되었습니다.

강무석이 소리를 내질렀다.

"이 미친 새끼야!! 내가 반드시 너는 척살한다!"

"척살은 원래부터 했잖아, 등신아."

신성은 이미 한주혁에게 척살령을 내린 상태. 마르칸이 그 척살령을 제대로 지키지 않았다가 큰 피해를 입지 않았던가.

마르칸은 두렵기도 했지만 또 통쾌하기도 했다. 신성의 황태자 강무석이 저런 꼴을 당하다니. 뭐랄까. 대리만족이랄까. 당당하게 나타나 '제안을 하러 왔다'라고 말했는데, 일단 대뜸 주먹부터 날리는 인간이 세상천지에 또 있을까 싶다.

"언제는 안 했던 것처럼. 뭘 새삼스레. 로그아웃될 시간 됐네. 잘 가라, 친구야."

한주혁은 친절하게 손을 흔들어줬고 검은 잿더미는 강제 로그아웃을 당해 사라졌다.

"이야, 이거 경험치가 엄청 쏠쏠하네."

"저도 경험치 되게 많이 들어왔어요."

"저도요."

저번에도 느꼈지만 절대악이 성좌를 잡으면 경험치가 상당히 많이 들어온다. 천세송의 경우는 절대악과의 특별 연계 보너스로 경험치를 더 많이 받았다. 한주혁의 현재 레벨 54. 방금 강무석을 잡아서 거의 55에 근접했다. 이제 조금만 더 있으면 55다.

'아. 55까지만 키우고 가고 싶은데.'

55가 되면 두 가지 스킬을 배운다.

'심안'과 '악신 강림'.

한주혁이 PVP 시 아쉬워했던, 상대의 미나 흐름을 알아차릴 수 있는 심안. 그리고 일찍이 제타가 먼저 사용했었던 악신 강림. 그 두 가지 스킬은 지금 자신의 아쉬운 부분을 팍팍 채워줄 거라 믿어 의심치 않았다.

그래도 일단은 로그아웃하기로 했다.

강무석은 혼자서 열불을 냈다.

강무석을 보좌하는 비서실장은 곰곰이 생각해 봤다.

'왜 이사님을 그냥 죽였지?'

적어도 말은 들어볼 법한데.

'이미 거대 세력을 일구고 있나?'

신성의 눈치를 보지 않아도 될 만큼? 어디 대연합의 자제인가? 알려지지 않았을 뿐인가?

사실 비서실장은 강무환이 강무석에게 붙여준 사람이다. 좋게 말하면 보좌관이고, 나쁘게 말하면 끄나풀 비슷했다. 강무석 몰래 강무석의 동향을 연합장인 강무환에게 얘기하는 역할을 수행했으니까.

그가 강무환에게 말했다.

"비공식적인 전투가 있었고 평타 일격에 사망했다고 합니다."

"무슨 제안을 했지?"

"제안을 하지 못했다고 합니다. 대뜸 공격했다고 합니다."

"정신이 온전치 못한 놈이군. 그도 아니면 자신감이 하늘을 찌르거나."

셋 중 하나다. 정신병자이거나, 정말 미친 듯한 자신감을 갖고 있거나.

"말도 안 되지만, 그 자신감을 뒷받침할 수 있는 세력이 있거나."

그 정도 세력이 있는 재벌 2세 혹은 3세에 관한 파악은 이미 거의 끝내놨다. 강무환이 알기로 그런 세력은 없다. 절대악은 재벌 출신이 아니라는 소리다.

"왜 제안을 듣지도 않고 거부했는지, 그 숨은 저의가 무엇인지 파악하도록."

"알겠습니다."

그런데 올림푸스 매니아에 영상이 올라왔다. 절대악이 강무석을 한 방에 때려잡는 영상이었다. 그 영상은 조작이니, 조작이 아니니, 수많은 논쟁을 불러일으키며 큰 반향을 불러왔다.

수많은 정보를 실시간으로 수집하는 비서실장답게 그 영상을 빠르게 확인했다.

글을 올린 사람의 닉네임이 가관이다. 닉네임이 '절대악'이었다. 마치 자신이 절대악이라는 것을 대대적으로 선전이라도 하듯.

'죽인 이유가…….'

비서실장은 안경을 고쳐 썼다.

'못생겨서?'

이건 무슨 뜻이지? 암호인가?

'그냥 마음에 안 든다, 라…….'

무슨 뜻인지 알 수가 없었다. 뭔가 엄청난 뜻을 내포하고 있는 건가. 아니면 정말 못생겨서인가? 그냥 마음에 안 들어서인가?

신성이 척살령을 내리기는 했지만, 그렇다고 해서 절대악에게 그렇게 큰 해악을 끼친 적은 없는 것 같다. 신성에 협력하는 것이 훨씬 더 성장할 수 있는 발판이 될 텐데. 왜 저러는 거지?

철저히 기득권 세력의 입장에서 본, 그리고 한세아와의 관계를 알 리 없는 비서실장은 혼란에 빠져들었다.

한주혁이 어깨를 으쓱했다.

"오빠가 혼내줬다."

"……영상 봤어."

한세아는 뭔가 마음에 차지 않는 것 같았다.

"왜 한 방에 죽였어? 차근차근 괴롭히다 죽여야지!"

"아."

한주혁은 깨달음을 얻었다. 가만히 놔두면 시끄럽게 나불댈 것 같아서 빨리 죽였는데.

"그러고 보니 고통 효과 있는 건틀렛도 있는데. 실수했네."

"맞아. 다음부터는 괴롭게 죽이자."

"너 성좌 퀘스트는 어떻게 되고 있어?"

"진행 중이야. 근데 나 이사한다고 빠지니까 아주 경멸하더라."

"경멸해?"

"어, 그런 허드렛일에 참여하냐면서 천민 출신은 어쩔 수 없대."

"미친놈들이네."

포장이사라 할지라도 집주인이 나름 신경 써야 할 부분들이 있다. 짐도 좀 종류별로 미리 챙겨놓고, 중요 물품도 챙기고. 무슨 이사하는데 천민 출신까지 얘기가 나오는 건지 모르겠다.

"기다려. 오빠가 존나 무섭게 혼내줄 테니까."

"알았어. 성좌는 개뿔 성좌야. 그냥 다 죽이자. 가장 결정적인 순간에 뒤통수를 후려갈기는 거야."

한세아는 인상을 찡그렸다.

"어떻게 사람을 이렇게 개무시하지? 지들은 귀족이고 귀족이 아닌 사람은 평민 아니면 천민. 그도 아니면 개돼지래. 나도 말 잘 들으면 귀족이 될 수 있으니까, 시키면 시키는 대로 말이나 잘 들으래."

"다 촬영해 놔. 지금 네가 같은 배 탔다고 완벽하게 믿는 모양이니까."

한주혁은 이번에 새로 생긴 아파트 '힐스테이'로 이사했다. 물론 한세아의 명의다.

중소연합에서 평범한 연합원으로 생활하고 계신 아버지가 한세아의 손을 꼭 붙잡았다.

"네가 이렇게 성공하다니……."

딸을 자랑스러워하는 기색이 역력했다. 아파트가 평생 꿈이었던 어머니는 한세아의 볼에 뽀뽀를 퍼부었다.

"세아야, 엄마는 네가 언젠가 이렇게 성공할 줄 알았어! 우리 딸이 최고다!"

"……응? 어, 응. 아니, 뭐…… 그냥 어떻게 운이 좋았어."

진짜 운이 좋았다. 절대악 오빠가 사줬다. 내 명의로. 아버지가 한세아의 머리를 쓰다듬었다.

"운은 준비된 사람한테만 찾아오는 거야. 세아 너는 언제나 준비가 되어 있던 사람이고. 충분히 칭찬받을 만하다. 장하다! 내 딸!"

한세아는 머쓱해졌다. 한주혁의 눈치를 살폈다.

'이거 오빠가 사준 건데…….'

칭찬을 독차지하고 있는 것 같아서 괜히 미안해졌다. 정작 한주혁은 전혀 신경 쓰지 않았다. 어머니와 아버지가 저토록 기뻐하시는 걸 보니, 그도 흡족해졌다.

동생이 자신의 눈치를 살피는 것을 알아차린 한주혁이 어깨를 으쓱하고서 한세아에게 다가가 머리를 쓰다듬었다.

"잘했어. 부럽다. 오빠가 돼서 너한테 신세 지는 것 같긴 한데……. 오빠도 노력할게."

저번에 한 번이 어렵지. 두 번 쓰다듬는 건 그리 어렵지 않았다. 여전히 어색하긴 했지만, 처음처럼 어색해 죽을 것 같지는 않았다.

"……응? 어, 어. 알겠어. 오빠는 나보다 훨씬 더 성공할 거야. 내, 내가 응원할게, 오빠."

한주혁의 부모님이 보기에는 너무나 아름다운 광경이었다. 자존심이 상할 법도 하건만, 동생의 성공을 기뻐해 주는 오빠와 그 오빠에게 유세 부리지 않는 동생. 다른 건 몰라도, 자식 농사는 정말 잘 지었다는 생각에 뿌듯함이 밀려들었다.

그래, 이게 사람 사는 맛이지. 어머니의 눈에 눈물이 글썽거렸다.

"아파트로 온 것도 좋지만…… 엄마는 너희가 화목한 게, 우리 가족이 화목한 게 제일 좋아. 세아한테 너무너무 고맙고. 그럴 리 없겠지만 주혁이는 동생한테 위축되지 말고. 우리 가족 매일매일 이렇게 행복한 날만 가득하면 좋겠어. 우리 아들, 우리 딸, 엄마가 엄청 많이 사랑한다."

어머니는 한주혁과 한세아을 끌어안았다. 한주혁은 이 상황이 어색해서 죽을 것 같다. 어머니의 품에 안기는 거. 엄청 오랜만이다. 아버지도 와서 팔을 넓게 벌려 가족 전부를 안았다.

'으, 어색해 죽겠다.'

어색해 죽겠는데 그 어색함이 기분 나쁘지 않았다.

'이 기분…….'

제법 괜찮았다.

24시간 뒤.

한주혁이 다시 올림푸스에 접속했다. 마르칸과 천세송이 먼저 와서 기다리고 있었다.

"북쪽 구역 하나 남았습니다. 갈림길이 워낙 많아 길이 복잡합니다."

거기서 마르칸은 또 신세계를 봤다.

'또 레드 스톤?'

꼬꼬의 식탐 스킬이 발현되면서 또다시 레드 스톤 하나가 드랍됐다. 그가 본 것만 벌써 세 번째. 우연이 아니라고는 생각했지만, 이 정도일 줄은 몰랐다. 저 꼬꼬. 돈 먹는 꼬꼬가 아니라 돈 낳는 꼬꼬였다.

그리고 또 이어진 신세계.

—축하합니다!

—히든 보스 몬스터. 기르칵투의 분신을 사냥하였습니다!

—보상으로 '기르칵투의 소멸된 다리'가 주어집니다.

주먹 한 방에 나가떨어진 히든 보스 몬스터는, 보스 몬스터라는 이름이 아까울 정도였다.

'또 한 방이라니.'

알림이 이어졌다.

—대단합니다!

—기르칵투의 분신을 모두 사냥하였습니다!

—기르칵투 소환 제단이 활성화됩니다!

—제물을 사용하여 기르칵투의 본신을 소환할 수 있습니다!

분신은 전부 사냥했다. 그로 인해 네 가지 아이템이 주어졌다. 기르칵투 소환 제단이 활성화된다는 알림과 함께 장소가 바뀌었다. 약간의 로딩시간이 지난 뒤, 굉장히 커다란 광장으로 이동됐다.

광장 중앙에는 불이 타오르는 제단이 하나 보였다.

"아저씨, 저기에 넣는 건가 봐요."

분신들을 사냥해서 얻은 네 가지 아이템. 이걸 사용해서 본체를 소환하는 모양이었다. 마르칸은 침을 꿀꺽 삼켰다.

'이 정도 넓이의 광장이면…….'

진짜 히든 보스 몬스터의 덩치도 굉장히 클 것이다. 긴장했다. 안 그래도 난이도가 높은 기르칵투 던전. 그런데 지난 200년간 단 한 번도 발견되지 않았던 히든 보스 몬스터가 모습을 드러내는 이 역사적인 현장에 그가 서 있는 것이었다.

가슴이 뛰었다. 생계로 올림푸스를 플레이하는 것이 아니라, 진짜로 플레이를 위해 게임을 플레이하는 것 같은 그런 착각까지 들 정도였다.

–히든 보스 몬스터. 기르칵투의 본신이 강림합니다!

그와 동시에.

–히든 보스 몬스터 기르칵투 레이드가 시작됩니다!

–히든 보스 몬스터 기르칵투는 굉장히 흉포합니다!

–플레이어 전원은 조심하십시오!

제단 속에서 무언가가 튀어나왔다.

드디어 모습을 드러낸 진짜 보스 몬스터. 기르칵투. 이 던전의 이름이 '기르칵투 동굴'이다. 그냥 보스 몬스터도 아니고 네이밍 보스 몬스터라는 뜻.

–히든 보스 몬스터. 기르칵투 레이드가 시작됩니다!

–히든 보스 몬스터. 기르칵투는 굉장히 흉포합니다!

–플레이어 전원은 조심하십시오!

불타오르는 재단. 그 안에서 녹색 눈동자 한 쌍이 빛나는 것이 보였다. 빨갛게 타오르는 불길 속에 검은색 실루엣이 보였다. 그간 상대해 왔던 거대한 뱀. '기르칵투의 분신'과 얼추 비슷한 형태였다.

다만, 여태까지의 분신과는 다르게 도마뱀처럼 다리가 12개 정도 달려 있는 형태였다.

한주혁에게 알림이 들려왔다.

–'석화의 눈동자'가 플레이어의 몸을 잠식합니다.

–저항에 성공하였습니다.

그러나 꼬꼬와 루펜달, 그리고 마르칸은 '석화의 눈동자'에 걸려 버렸다. 몸이 돌로 변했다.

'동시 석화스킬?'

보는 것만으로도 석화를 거는데, 심지어 광역이다.

"마리안, 너는 어때?"

"네? 뭐가요?"

아, 미안. 괜히 물어봤다.

'석화를 느끼지도 못한 거네.'

저걸 천재라고 해야 할지 둔재라고 해야 할지.

"저도 공격에 가담할까요?"

"아니, 일단 놈이 얼마나 강한지 확인할 필요가 있어."

그래야 레이드 대책을 세우지 않겠는가. 이곳에는 펫들도 있고 맷집이 약한 부하도 있다. 놈이 어느 정도의 능력을 갖고 있는지. 어느 정도의 힘을 갖고 있는지에 따라 대처 방법이 달라질 터.

불길이 걷혔다. 모습을 드러낸 진짜 '기르칵투'는 마치 코브라처럼 몸을 꼿꼿이 세우고 섰는데, 그 크기가 10미터가 넘었다. 녹색 눈동자를 'l' 모양으로 가늘게 뜨고서, 오만한 표정으로 눈앞의 먹잇감들을 쳐다봤다.

제왕, 꼬꼬가 한 걸음 뒤로 물러섰다. 그리고 뒤로 물러섰다는 것이 부끄러운 듯.

키에엑!

제왕의 포효를 사용했다.

상대의 레벨을 본능적으로 느끼는 꼬꼬가 한 걸음 뒤로 물러섰다. 적어도 꼬꼬보다는 훨씬 강력하다는 소리다.

"꼬꼬, 까불지 말고 뒤로 빠져."

기르칵투가 몸을 움직이기 시작했다. 그 거대한 몸뚱이를 가지고 굉장히 기민하게 움직였다. 제단 안에는 눈에 보이지 않는 공간이 있는 건지, 커다란 몸체가 계속해서 꾸물꾸물 기어 나왔다.

"아저씨, 저희를 몸통 안에 가둘 생각인 것 같아요."

"알아."

저 거대한 몸으로 이곳을 감싸고 천천히 옥죄어 오는 방식의 공격법. 갇히게 되면 질식해서 죽고 말거다.

한주혁이 스킬을 사용했다.

–스킬. 백참격을 사용합니다.

언제나 그렇듯. 단순한 백참격이 아니었다.

–진 파천심공의 효과로 백참격이 진 백참격으로 전환되어 사용됩니다.

–진 파천심공의 효과로 백참격의 공격력이 30퍼센트 추가됩니다.

–진 파천심공의 효과로 백참격의 사정거리가 30퍼센트 증가합니다.

—진 파천심공의 효과로 백참격 사용 시 M/P 소모가 30퍼센트 감소합니다.

—진 파천심공의 효과로 백참격의 쿨타임이 30퍼센트 감소합니다.

진 파천심공의 효과로 백참격이 진 백참격으로 전환되어, 반달 모양으로 놈의 머리를 노리고 쏘아졌다.

녹색 눈동자는 그것을 바라보고 있었다.

'확실히.'

허접한 보스 몬스터는 아닌 듯했다. 플레이어들을 학살했던 '진 백참격'의 속도가 현저하게 줄어들었다. 아마도 저 눈동자가 가지는 특수스킬인 것처럼 보였다. 플레이어를 돌로 만들어 버리듯 자신을 공격하는 스킬도 일정 부분 막아내는 것 같았다.

—스킬. 치명적인 주먹을 사용합니다.

한주혁이 가볍게 뛰어올랐다. 가볍게 뛰어올랐으나 그 높이는 10미터에 달했다. 기르칵투의 눈동자와 눈이 마주쳤다. 기르칵투가 입을 크게 벌렸다. 빨간 입이 보였다. 두 개의 독니에서 빨간색, 파란색의 독이 뿜어져 나왔다.

'디펜스 업.'

공용 버프를 스스로에게 거는 건 처음이다. 한주혁은 독을 그대로 뒤집어썼다. 그 독을 뚫고서 놈에게 날아가다시피 달려들었다.

–강력한 독이 신체에 작용합니다.

–강력한 독에 저항합니다.

–저항에 성공하였습니다.

지속적으로 데미지를 입히는 '독 데미지' 속성의 공격인 것 같았는데, 한주혁에게는 그다지 큰 의미를 가지는 공격은 되지 못했다. 한주혁이 주먹을 뻗었다.

한주혁의 주먹 공격. '치명적인 주먹'이 기르칵투의 머리에 닿을락 말락 거리를 좁혀갔다. 가늘어진 녹색 눈동자가 한주혁의 주먹을 응시했다. 한주혁에게 온 힘을 쏟는 것처럼 보였다.

–'석화의 눈동자'가 플레이어의 몸을 잠식합니다.

–저항에 성공하였습니다.

그와 동시에 아까 미리 사용했었던, 속도가 느려졌던 진 백참격이 원래의 속도를 되찾았다. 한주혁에게 온 정신을 쏟느라 기르칵투의 스킬이 제대로 먹혀들지 않은 탓이었다.

석화마법에 걸렸던 꼬꼬와 마르칸, 루펜달도 원래대로 돌아왔다. 루펜달은 여전히 거대한 신앙심을 가지고 한주혁을 우러러 봤다.

'내 저럴 줄 알았다.'

나의 신앙은 영원하리라.

'진 백참격이 닿는 순간. 놈은 큰 피해를 입겠지.'

그리고 진 백참격이 실제로 기르칵투의 목, 뱀의 형태라 목이라고 부르기는 애매하지만, 머리 근처의 몸통에 닿았다.

'어느 정도의 데미지가……!'

그와 동시에 한주혁의 주먹도 놈의 머리에 닿았다. 루펜달은 회개하기로 했다.

"회개합니다. 제 믿음이 나약했습니다."

루펜달은 분명히 봤다. 진 백참격이 닿는 순간, 기르칵투의 H/P가 0이 되는 것을. 다만 검은 잿더미로 변하는 시간보다 한주혁의 주먹이 닿는 시간이 더 빨라서 주먹 공격까지 들어가는 것을.

"역시 한 방이었군요."

믿음이 부족했다. 진 백참격 한 방의 공격으로는 죽일 수 없을 거라고 생각했었다. 아, 이 믿음 부족한 자여. 그는 자책했다. 저 말도 안 되는 능력을 가지신 절대악 형님께서는 또 말도 안 되게도 한 방에 히든 보스 몬스터의 본체를 죽여 버렸다.

화염을 뿜어내며 제단 안에서부터 수십 미터 길이의 몸뚱이를 자랑하면서 그 위풍당당함을 자랑했던 보스 몬스터는 한

날 재로 돌아갔고.

"일어나라! 죽음의 병사여!"

그 보스 몬스터는 전(前) 주인의 사령술에 속박되어 언데드로 부활했다. 한주혁에게 알림이 들려왔다.

―축하합니다!

―기르칵투의 본체를 사냥하였습니다!

―기르칵투는 매우 흉포한 히든 보스 몬스터!

―기르칵투를 잡은 탐험가들에게 경의를 표하는 바입니다!

보상이 산정되었다.

―기르칵투를 사냥한 것에 대한 보상으로 막대한 양의 경험치가 추가됩니다!

―레벨이 올랐습니다!

―레벨이 올랐습니다!

―레벨이 올랐습니다!

레벨이 무려 3계단이나 올랐다. 한주혁의 현재 레벨 57. 57까지 오르고도 절반 이상이 차올랐다.

'드디어!'

단순히 레벨이 오른 게 좋은 게 아니다.

–스킬. '심안' 사용이 가능해집니다.

–스킬. '심안'이 활성화됩니다.

–스킬. '악신 강림' 사용이 가능해집니다.

–스킬. '악신 강림'이 활성화됩니다.

상대를 파악하는, 마나와 마법의 흐름을 관측하며 상대의 강함을 느낄 수 있도록 만들어주는 고급 탐지 스킬인 '심안'이 활성화됐다.

'광역기다!'

게다가 이제는 광역기까지 생겼다. 꼬꼬도 갖고 있는 광역기. 여지껏 광역기가 없어서 답답했었다. 진 백참격의 경우는 광역기라기보다는 관통기였으니까.

–보상이 추가로 주어집니다!

–절대악 포인트가 3개 주어집니다!

거기서 끝이 아니었다.

–'기르칵투의 눈물'을 획득하였습니다.

–'기르칵투의 진액'을 획득하였습니다.

–'기르칵투의 눈동자'를 획득하였습니다.

그에 대한 자세한 설명을 살펴볼 겨를 없이, 한주혁 일행은 던전 밖으로 이동됐다.

목소리가 들려왔다.

"네게 불리하지 않을 제안이다."

어라?

'살아 있네?'

이상했다. 아까 분명히 죽였는데. 검은 잿더미가 되는 것도 확인했는데.

'성좌 특수스킬인가?'

죽어도 다시 살아나는 특수스킬을 가지고 있든지. 아니면 대연합 신성답게 '부활의 물약'같이 어마어마하게 비싼 물약을 사용했든지, 그도 아니면 24시간 접속 제한 페널티가 없든지.

"음."

쟤는 그냥 마음에 안 든다. 동생이 방구석에서 흐느끼던 그 모습이 또 떠올랐다. 저놈뿐만 아니라 성좌들은 그냥 척살이다. 이유고 뭐고 없다. 죽이기는 죽이되, 그래도 새로운 스킬을 얻었으면 한 번쯤 사용해 보고 싶은 게 플레이어의 마음이다.

'심안.'

—스킬. 심안을 사용합니다.

살펴봤더니.

'어쭈?'

몸에 수십 겹의 방어마법을 걸고 왔다. 플레이어가 걸은 것으로 보이는 방어마법도 있었고, 아마도 아이템이나 스크롤(1회용 마법서) 등의 효과를 빌린 것으로 짐작되는 것들도 보였다.

'그래, 이게 심안이지.'

이제 상대가 기습할 걱정도 덜었다. 이 심안에 간파당하지 않을 정도의 실력자가 아니라면, 상대가 기습할 때에는 어떤 식으로든 마나가 먼저 움직인다. 스킬 사용 징후를 심안이 미리 알려준다는 소리다. 심안을 운용하고 있으면 상대가 공격을 할지, 방어를 할지, 왼쪽으로 이동할지, 오른쪽으로 이동할지. 그게 정보화되어 머릿속에 자연스럽게 입력된다.

'여차하면 공격하겠네.'

그게 고스란히 느껴졌다. 일대일로는 상대가 되지 않는다는 것을 알고 있을 테니,

'스크롤로 나를 어떻게 해보시겠다?'

신성쯤 되면 강력한 공격마법이 담긴 스크롤을 사용할 수 있을 거다. 한 번에 수십억씩 하는 스크롤 폭탄을 사용하는 것도 불가능한 일은 아닐 터.

강무석이 그제야 긴장을 조금 늦췄다. 한주혁이 심안을 사

용해서 자신을 살펴보느라 시간이 조금 지체된 것을, 제안을 받아들이겠다는 제스처로 생각했다.

'그럼 그렇지.'

한두 번은 신성에게 반항할 수 있으나, 그 이상은 어렵지 않은가. 놈 역시 그 사실을 잘 알고 있을 거다.

"그냥 죽어."

백참격을 썼다.

–진 파천심공의 효과로 백참격이 진 백참격으로 전환되어 사용됩니다.

수많은 방어마법을 몸에 걸고 있어서인지, 죽지 않았다. 강무석이 스크롤을 찢으려 했다.

"어리석은 새끼!"

하지만 그럴 수 없었다. 언제 소환됐는지, 수천 마리의 강화된 '동굴 개미'와 '동굴 지네'가 그의 몸을 뒤덮었기 때문이다.

"크아아아악!"

마르칸은 침을 꿀꺽 삼켰다. 그도 많이 죽어봐서 안다. 저거 진짜 괴롭다. 온몸의 내장이 쪽쪽 빨려 나가는 끔찍한 기분이다. 그런데 저건 그냥 동굴 개미와 동굴지네도 아니고, 특수한 클래스의 특별한 힘을 받아 더욱 강력해진 언데드들 아닌가.

한주혁이 피식 웃었다.

"잘했어."

"정말요?"

천세송은 기뻤다. 오늘 드디어! 칭찬해 달라고 해서 받는 칭찬 말고, 진짜 칭찬받았다.

"근데 멈춰. 죽이지 마."

"네? 왜요?"

의문을 표하기는 했지만 죽이지는 않았다. 강무석의 H/P가 빨피에 다가왔을 무렵 한주혁이 평타를 사용했다. 아무리 방어마법을 몸에 두르고 있어도, 그 상태에서는 한주혁의 주먹을 버텨내지 못했다.

"네가 죽이면 카오 되잖아. 카오 되면 은근히 불편하다. 카오는 그냥 내가 할게."

그래야 NPC들이랑도 거래할 수 있고. 심부름 같은 것도 시키기 편하다.

"아……!"

천세송은 혼자 감동 받았다.

'아저씨는 마음도 따뜻해.'

자신을 배려해 주고 있지 않은가. 배려왕이었다. 누구도 그렇게 생각하지 않았지만, 천세송은 그렇게 느꼈다. 그녀 혼자 괜히 한 번 더 반했다.

검은 잿더미가 된 강무석이 물었다.

"네 속셈이 도대체 뭐냐?"

어째서. 자신의 제안을 듣지도 않고 이런 몰상식한 짓을 벌이는 건지 모르겠다. 왜지? 분명 이유가 있을 터.

"배후가 따로 있는 거냐?"

배후?

"그딴 거 없어. 말했잖아."

한주혁이 씨익 웃었다.

"너 못생겨서 싫다고."

그랬는데 어디선가 깔깔대는 목소리가 들려왔다. 재미있다는 듯, 한참이나 깔깔대고 웃었다.

"말로만 들었지. 제법이네, 너."

한주혁이 목소리가 들려온 곳을 쳐다봤다. 그곳에는 또 다른 누군가가 서 있었다. 한주혁이 인상을 살짝 찡그렸다.

'어디선가…… 많이 봤던…….'

누군지 정확하게 기억나지 않는데, 분명히 기억 속에 있는 여자였다.

"그 대단하다는 신성의 이사를 이렇게 무참히 짓밟다니. 재미있는 애다, 너."

그녀는 피식 웃었다.

"뭐. 신성쯤이야 별거 아니긴 하지만. 어쨌든 너, 내 밑으로 들어와."

"……."

"그러면 목숨은 살려줄게."

10장 진정한 권력은 백성으로부터 나옵니다

"그러면 목숨은 살려줄게."

한주혁은 어이가 없어서 웃고 말았다. 재는 아무리 잘 쳐줘도 20대 초반 정도로 보인다. 보통의 경우 레벨과 나이는 비례하는 경향을 보인다. 그 자신이 절대악이고 그 주변에 워낙 특별한 클래스들이 많아서 안 그래 보이는 거지, 99퍼센트 이상의 사람들이 나이와 레벨이 비슷한 편이다.

'무슨 자신감이지?'

그러던 차. 한주혁은 저 여자가 누군지 깨달았다.

"아, 너 승마공주냐?"

유니콘을 타고서 화려한 스킬을 뽐내는 영상이 올림푸스 매니아에 퍼지면서 '승마공주'라는 별명을 얻게 된 유리아다.

"나를 좀 알아보겠어?"

유리아는 자신을 알아본 것이 기분 좋은 듯했다. 그래, 너 따위 천민은 귀족인 나를 잘 알아봐야지. 그래야 목숨이 길어지는 거야. 나를 알아봤으면 이제 내 밑으로 들어오겠다고 하는 일만 남았겠네.

"어때? 특별히 내 밑으로 받아줄게. 저 펫은 나한테 넘기고."

"왜 반말이냐? 언제 봤다고. 너 20살이라매. 펫은 또 뭔 개소리야?"

"……뭐?"

유리아는 자신의 귀를 의심해야만 했다. 신성의 이사들도 자신에게 이렇게 함부로 대하지는 못한다. 그녀는 대한민국을 뒤에서 조종하는 거대한 힘. 로열패밀리 태르민 일가가 아닌가. 저렇게 상스러운 말을 처음 듣는다.

"지금 나한테 한 말이냐?"

"너 말고 또 있냐? 하여튼 시답잖은 소리 할 거면 난 간다."

먼저 안 쳤으니 치지는 않는다. 아직 심안의 유효시간이 남아 있었는데 지금 당장은 공격할 기미가 보이지 않았었다. 어디까지나, 지금 당장은.

'어라?'

심안을 따라 마나의 흐름이 보였다. 뭔가 하늘에 있는 것과 연결이 되어 있는 것 같은데.

'아.'

그 유명한, 한국에서 제일 비싼 말?

"저 위에 있는 말로 어떻게 해볼 생각이면 그만두는 게 좋을걸."

말 따위로 뭘 어쩌겠는가. 그 말에 유리아는 제대로 흥분했다.

"말이라니! 무엄하다!"

말이 아니다. 유니콘이다. 등급이 무려 S에 달하는, 영물에 해당하는 펫이다. 그런 펫을 겨우 말이라고 표현하다니.

한주혁은 한주혁 나름대로 황당했다.

"왜 화내냐? 승마공주라고 할 땐 좋아했잖아. 승마가 말 탄다는 의미 아니냐?"

게다가 무엄해? 요즘에도 저런 말 쓰는 애가 있나? 20살이라 안 했나? 사극 열혈 시청자인가.

"내 유니콘을 그딴 식으로 비하하고서 무사할 줄 아는 거냐?"

"드라마 속, 하나도 안 무서운 악당 같네."

한주혁은 이미 눈치챘다. 마나의 흐름이 보인다. 유니콘과 연결되어 있는 마나가 유니콘에게 명령을 내리고 있었다. 공격하라고. 눈에는 보이지 않지만 굉장히 높은 곳에서 마치 인공위성처럼 이쪽을 내려다보고 있는 것 같다.

"꼬꼬."

네가 말이냐? 그럼 난 닭이다.

"물어!"

꼬꼬가 하늘 높이 날아올랐다. 안 그래도 거슬리던 차였다. 하늘 위에 뭔가가 있는 것이 느껴졌다. 감히 나보다 높은 곳에 있어? 하늘의 제왕인 나보다?

키에엑!

제왕이 포효를 내질렀다. 비록 기르칵투에게 쫄아서 뒷걸음질 치기는 했지만, 기르칵투가 나타나기 전까지 꼬꼬는 제왕이었다.

꼬꼬는 하늘 높이 날았다. 구름을 헤치고 용맹하게 날아올랐다. 눈에 뭔가가 보였다. 말이었다. 그 말에는 요상한 날개와 뿔이 있었는데, 뿔이 빛나고 있었다. 무언가를 공격하려는 것처럼 보였다. 꼬꼬에게는 뿔이 빛나든 말든 그건 별로 중요하지 않았다.

키엑!

건방지게 말 주제에 날개를 달아?

날개가 아주 마음에 안 들었다. 날개는 자신의 것이다. 하늘을 지배하는 자. 새들만이 가질 수 있는 것. 단숨에 날아가서 유니콘의 머리를 콕콕 찍었다.

한주혁의 버프를 받은 꼬꼬는 무서울 것이 없었다. 유니콘과 꼬꼬의 전투가 벌어졌다.

한주혁이 피식 웃었다.

'뭐야, 애는?'

등장만 요란했지. 또 언론에서 하도 승마공주라고 띄워주길래 뭐라도 된 것처럼 보였었는데.

'개허접이네.'

컨트롤 능력이 매우, 현저하게 떨어졌다. 천세송과 비슷한 정도다. 나만 천세송은 물량으로 승부하는 대규모 물량선 특화 클래스라서 컨트롤이 별로 필요 없다.

"야, 너 펫 컨트롤 대회에서 금메달 따지 않았냐?"

덕분에 승마공주의 위엄이 하늘을 찌르지 않았던가. 그랬던 것치고, 펫을 컨트롤하는 능력이 지나치게 뒤떨어졌다.

"심판이 없었나?"

거의 그 수준이다.

"아니면 혼자 참가해서 금메달 땄냐?"

그렇지 않고서는 설명이 안 된다. 유니콘이 뛰어난 펫인 것은 알겠다. 단순 능력치만 보자면 꼬꼬보다도 더 높은 거 같다. 꼬꼬의 레벨이 70대 중반인 것을 감안했을 때. 유니콘의 레벨은 그보다 더 높든지, 아니면 등급이 더 높든지. 하여튼 하드웨어 자체는 굉장히 좋은 것 같았다.

유니콘이 갑자기 모습을 드러냈다. 펫 주제에 블링크를 자유자재로 구사했다.

'왜 저기로 블링크를 해?'

한주혁의 눈으로 보면 조잡하기 짝이 없었다. 블링크를 무한대로, 쿨타임 없이 사용할 수 있는 펫이 있긴 있는데 그 능력을 끌어내지를 못하고 있다.

한주혁은 황당했다.

"네가 어떻게 승마공주냐?"

그도 올림푸스 매니아를 통해 각종 동영상을 살펴본다. 영상만 봤어도, 얘보다 훨씬 뛰어난 테이머도 많았는데. 어떻게 얘가 펫 컨트롤 대회에서 금메달을 딴 건지 모르겠다.

"닥쳐라! 저런 조잡한 닭 따위로 감히 나를 능멸해?"

유리아의 얼굴이 빨개졌다.

"가만 보면 말을 참 예쁘게 한단 말이야. 감히라는 말 좋아하고. 지네가 뭐 마치 엄청 대단한 사람이라도 된 것처럼 굴고. 반역이니 무엄이니 말을 참 이상하게 해."

한주혁이 만나본, 그래 봤자 몇 명 만나보지도 못했지만 어쨌든 그가 만나본 기득권 세력의 자녀들 혹은 기득권 세력들은 좀 이상했다. 이상한 특권 의식, 귀족 의식 등이 깊숙이 박혀 있는 것처럼 보였다.

"좀 제대로 된 재벌 3세는 없냐?"

모르긴 몰라도 유리아 역시 재벌 3세 정도쯤 되지 않을까 싶다. 중견 연합의 자제나. 그렇지 않고서야 저런 비싼 펫을 데리고 다닐 수는 없겠지.

"그놈의 귀족 타령 지겹다."

그때, 꼬꼬가 유니콘의 날개를 발톱으로 낚아챘다.

—스킬. 발톱 낚아채기를 사용합니다.

히이이이잉—!!

유니콘이 괴로운 듯 비명을 토해냈다. 날개가 약점인 것 같았다. 날개를 발톱으로 움켜쥔 꼬꼬는 곡예비행을 선보였다.

—스킬. 회피 비행을 사용합니다.

본래는 공격을 회피할 용도로 사용하는 스킬. 그러나 이번에는 아니었다. 꼬꼬의 어지러운 비행에 유니콘의 눈동자가 초점을 점점 잃어갔다.

유리아가 비명을 토해냈다.

"코니코니!"

얼씨구 이름이 코니코니란다. 얘는 도대체 무슨 자신감이라 자신 앞에 나타나서 목숨은 살려준다느니, 어쩐다느니 헛소리를 해댄 건지 모르겠다. 뭐 믿고 있는 다른 거라도 있나?

"야, 꼬꼬. 장난 그만 치고 얼른 끝내."

꼬꼬가 하늘 높이 날아올랐다.

키엑!

나는 제왕이다!

꼬꼬의 몸이 태양에 가려졌다. 역광이다. 검은색 그림자만 보였다. 그 그림자가 두 개로 나누어졌다. 하늘 높은 곳에서,

꼬꼬가 유니콘을 떨어뜨렸다. 제왕의 그림자가 하늘로 더욱 치솟고, 전투에서 패배한 유니콘이 땅으로 떨어져 내렸다.

—스킬. 몸통 박치기를 사용합니다.

하늘로 치솟아 올랐던 꼬꼬의 그림자가 유니콘보다 더욱 빠르게, 땅을 향해 떨어져 내렸다.

쿵!

거대한 소리와 함께.

검은색 그림자에 가까웠던 유니콘이 급속도로 땅으로 떨어져 내리기 시작했다. 유리아는 아무것도 하지 못하고 비명만 질렀다.

"코니코니!"

한주혁은 황당했다.

'끝?'

뭐 더 없나?

'테이머라며? 유명한 한국에서 제일 유명하다며?'

그러면 뭐 다른 펫을 꺼내서 싸우든지, 유니콘을 보조하든지 뭘 해야 하는 거 아닌가? 모르긴 몰라도 아카데미 기본교육만 수료해도 그 정도는 다 하겠다. 들어보니 아카데미에 특례로 입학하여 또 굉장히 우수한 성적으로 졸업했다던데. 아무리 봐도 그런 거 같지는 않다.

쿵!

흙먼지가 피어올랐다. 유니콘이 추락했다. 유니콘이 검은 잿더미가 됐다. 부활하려면 72시간이 걸린다.

유리아의 몸이 바들바들 떨렸다.

"천민 주제에. 천민 주제에 감히 내 코니코니를 죽여?"

"유니콘으로 먼저 공격하려고 했던 건 너잖아?"

유리아는 한주혁을 향해 신경질적으로 걸어왔다.

'얘 테이머 맞냐?'

기세만 보면 테이머가 아니라 근거리 딜러 같다. 심안을 통해 느껴지는 바로는 아무리 봐도 테이머인데. 가까이 와서 뭐 어쩌려고?

'설마.'

모양새를 보아하니 뺨을 때리려고 오는 것 같은데.

'설마 진짜냐?'

설마 진짜로? 신성의 근거리 전투 계열 이사들조차도 거의 평타 한 방에 끝내버렸던 자신이다. 유리아도 그걸 알 텐데. 그걸 알고 있을 텐데 왜?

'제정신이 아니네, 얘도.'

유리아는 가까이 걸어와 손을 들어 올렸다. 뺨을 때리는 폼이 꽤 익숙해 보였다. 한주혁은 일부러 피하지 않았다. 저 평타가 무슨 무적의 평타도 아니고. 무자비한 평타도 아니고.

짝! 소리도 안 났다. 아프기는커녕 가렵지도 않았다. 당연히 H/P에는 미동조차 없었다. 아예 공격받은 게 인식조차 안 됐다.

"뭐하냐, 너?"

"건방진 새끼."

또 손을 들어 올렸다. 혹시 몰라 귓말로 확인했다.

–꼬맹이, 녹화 잘하고 있냐?

–네! 근데 아저씨, 아프지 않아요?

–아프겠냐?

–근데 저 기분 짱 나빠요. 지가 뭐라고 아저씨 뺨을 때려요? 저 화났어요. 제가 대신 혼내주면 안 돼요?

–까불지 말고 녹화나 잘해.

그가 본 신귀족 계급들은 대부분 이랬다. 아직 공개하지 않은 이베의 미성년자 성관계 동영상, 강무석의 동영상, 그리고 이 동영상까지. 참. 이런 게 알려져도 상관없다는 마인드인지 아니면 정말로 이렇게 생각해서 이게 이상한 건지도 모르는 건지.

유리아가 또 뺨을 쳤다. 역시 전혀 아프지 않았다.

"너 테이머라며? 근딜로 전직하게?"

"이제 네게 기회 따윈 없어."

한주혁은 황당했다. 얘 뭐라는 거지? 기회는 무슨.

"네가 뭔데 기회를 주니 마니, 난리야?"

"너는 앞으로 이 대한민국 땅에서 제대로 살지 못할 거야.

내 이름을 걸고 맹세해 줄게. 천민 새끼야."

"……네 이름 걸고 맹세하면 하늘에서 뭐라도 떨어지냐?"

아.

"유니콘이 떨어지는구나."

유리아는 그 쉬운 도발에도 흥분했다. 눈빛만 보면 한주혁을 씹어 삼킬 것 같았다. 한주혁도 이렇게 표독스러운 표정은 처음 본다. 기르칵투의 눈동자보다 더 살벌했다.

"공격은 이제 끝났냐?"

저쪽의 공격이 끝났으면 이쪽도 돌려줘야지. 아, 근데 얼굴 보니까 때리기가 싫다. 뭔가 찝찝한 느낌이다. 그래서 말했다.

"꼬꼬, 물어."

꼬꼬가 뒤뚱거리며 달려와 유리아를 쪼았다. 꼬꼬는 본능적으로 알았다.

–스킬. 강력한 식탐이 발현됩니다!

–스킬. 강력한 식탐이 발현됩니다!

이 인간의 몸에서는 맛있는 냄새가 난다. 물론, 인간이 맛있다는 얘기는 아니었다.

유리아가 바락바락 소리를 질렀다.

"이 천한 것들이 감히 내 몸에 손을 대!!"

키엑!

시끄러워. 먹을 것을 내놔, 인간.

―스킬. 강력한 식탐이 발현됩니다!

―스킬. 강력한 식탐이 발현됩니다!

이 인간의 몸에서는 맛있는 돌의 향기가 엄청나게 많이 났다.

―스킬. 강력한 식탐이 발현됩니다!

―스킬. 강력한 식탐이 발현됩니다!

유리아는 손바닥을 들어 올려 꼬꼬의 머리를 때렸다. 뺨을 때리듯.

"이 닭대가리 년이!"

그래 봤자 그녀는 테이머. 전투 보조 계열인 테이머인 주제에 펫과 용감하게 싸운 테이머 유리아는 자신의 H/P가 떨어지는 것조차 제대로 모르고 있었는지 포션도 마시지 못하고 사망했다. 한주혁이 보기에 유리아는 천세송에 버금가는, 아니, 천세송보다 더 컨트롤이 뒤떨어지는 테이머였다.

―플레이어를 사살하였습니다.

―풀카오 상태가 유지됩니다.

–살인자의 표식이 더욱 진해집니다.

–Sufféus가 더욱 높아집니다.

–사망 시 아이템 드랍율이 100퍼센트로 유지됩니다.

–사망 시 재접속 가능 시간이 48시간으로 증가합니다.

–모든 공식기관의 이용이 불가합니다.

–일반적인 NPC와의 거래가 불가능합니다.

–거래 시스템 활성화가 불가능합니다.

검은 잿더미로 변한 유리아는 온갖 저주의 말을 쏟아냈다.

"내가 분명히 말했어. 너는 절대로 한국에서 절대로 살 수 없을 거야. 한국에서 태어난 것을 후회하게 해줄게. 기회는 네가 걷어찼어."

더러운 천민의 핏줄은 역시 사리분별이 떨어진다. 기회를 주려고 했던 자신이 어리석었다. 귀족은 역시 귀족끼리 어울려야 하는 법. 사실 그녀는 꼬꼬가 마음에 들어 찾아왔었다. 강무석과 함께.

하지만 이제 그런 마음이 싹 사라졌다. 유니콘을 죽였고 자신을 능멸했다. 이제 저 천민에게 기회 따위는 없다. 귀족이 주는 기회는 한 번이면 족하니까.

그런데 천세송이 뭔가를 발견했다.

"어머나! 세상에. 아저씨, 저거 봐요."

뭔가가 드랍 됐다. 한주혁조차도 깜짝 놀랐다.

'저건……!'

꼬꼬가 승리의 포효를 내질렀다.

키에엑!

꼬꼬는 언제나 꼬꼬였고, 언제나 같은 실수를 반복했다. 마르칸이 잽싸게 뛰었다. 그는 루펜달처럼 탁월한 이동스킬은 없었지만 그래도 그 역시 60대 레벨의, 사내 정치를 경험해 본 플레이어.

신성의 견제가 없었다면 어딜 가도 제 밥벌이 정도는 할 수 있는 뛰어난 능력을 가진 플레이어다. 레벨 62라는 숫자가 그의 능력을 증명했다.

'라피드 스텝!'

꼬꼬가 승리의 포효를 내지르고 있는 사이 마르칸이 드랍된 물건 하나를 들어 올렸다. 꾸러미였다.

'몬스터 스톤 꾸러미!'

알림이 들려왔다.

–소유권이 없습니다.

–10초 뒤 강제로 드랍 됩니다.

그런 것 따위는 상관없다. 애초에 이 몬스터 스톤 꾸러미를 가질 생각도 없었다. 바로 한주혁에게 가져다 바쳤다.

"여기 있습니다."

"……."

한주혁은 얼떨결에 그 꾸러미를 받아 들었다. 방금 그의 움직임이 엄청 빨랐다. 루펜달과 비교해도 손색이 없을 정도였다.

"이런 거 안 하셔도 됩니다."

루펜달은 펫이니까 당연하지만, 마르칸은 펫이 아니지 않은가.

"아닙니다. 저는 지금 절대악께서 없으면 안 되는 절체절명의 위기에 속해 있습니다. 저는 딸아이를 대학 보내야 하고, 저희 가정을 책임져야 합니다. 부디 제 노력을 가치 없다 버리지 말아주십시오."

"……아."

기껏해야 드랍된 아이템 빠르게 습득해서 오는 건데, 그게 저렇게 거창하게 변질되나.

한주혁은 아이템을 받아 들었다.

"아저씨, 그게 뭐예요? 되게 비싸 보여요. 가죽부터가 뭔가 느낌이 다른데요?"

"음."

한주혁은 한동안 말을 잇지 못했다.

"부자이긴 부자인가 보네."

유리아가 도대체 어느 집안의 자제인지는 알 길이 없지만, 부자인 것은 틀림없어 보였다.

'레드 스톤 꾸러미라니.'

개인이 레드 스톤 꾸러미를 들고 나닐 일이 얼마나 있겠는가. 그 정도의 허접한 실력을 가진 여자애가, 그것도 20대 초반의 여자애가 레드 스톤 꾸러미를 가지고 있다니.

"꼬꼬, 잘했어."

한주혁은 꾸러미에서 레드 스톤 두 개를 꺼내서 꼬꼬의 부리에 직접 먹여줬다.

키에엑!

또다시 같은 실수를 반복하여 레드 스톤을 먹지 못할 것이라 절망했던 꼬꼬는 레드 스톤에 환장했다.

키엑! 키익! 키이익!

그래! 바로 이 맛이야!

꼬꼬는 이미 길들여진 제왕이었고, 길들여진 닭이었다. 주인이 준 은총을 맛나게 먹고 또 행복해했다. 꼬꼬의 눈에는 이제 아픔의 눈물이 아닌, 기쁨의 눈물과 행복의 눈물이 고였다.

"10억 어치를 처먹었는데도 변화가 없네."

사실 그가 레드 스톤 꾸러미를 얻을 수 있었던 건 순전히 꼬꼬의 능력이라고 해도 과언이 아니다. 꼬꼬의 '강력한 식탐'이 아니었다면 수많은 아이템들 중 하필이면 레드 스톤 꾸러미가 드랍 될 일은 없었을 터.

유리아는 카오도 아니었고 아이템 드랍율도 아주 낮다. 그럼에도 불구하고 레드 스톤 꾸러미가 드랍된 거다.

"이거 하나는 네 거."

그리고.

"이거 하나는 마르칸 님 드리겠습니다."

마르칸은 침을 꿀꺽 삼켰다. 아무리 레드 스톤 꾸러미를 얻었다지만 레드 스톤을 통째로 주다니.

'저게 있으면…….'

지금 당장 급한 불은 끌 수 있다. 하지만 그는 그럴 수 없었다. 오는 게 있으면 가는 것도 있어야 하는 법. 레드 스톤 하나만큼의 값어치. 자신에게 그 가치가 있음을 제대로 증명하지 못하면 이 레드 스톤은 오히려 그에게 독이 될 것이다. 지난 인생 경험이 그것을 알려줬다.

"마음은 정말 감사합니다. 절대악께서 절대 절대악답지 않다는 것도 알겠습니다. 하지만 저는 이것을 받을 수 없습니다. 제가 한 노력에 비하여…… 너무나 큰 보상입니다. 제 분수에 맞지 않는 보상은 제 그릇을 망가뜨릴 것입니다. 뜻을 거두어 주세요."

귓말이 들려왔다.

-순수 호의는 아닙니다. 받아두세요. 지금 이 장면도 녹화되고 있습니다.

마르칸은 그 말을 이해했다.

'과연……!'

이 남자는 정말 아무런 대책도 없이 신성의 이사와 유리아를 마구 죽이는 건 아닌 것 같았다. 나름대로 큰 그림을 그리고 있었다.

–계속 말했듯 저는 한국. 아니, 어쩌면 전 세계를 상대로 싸워야 할지도 모릅니다. 제가 싸워야 하는 대상은 아마도 대연합 및 성좌 등 신귀족 세력이겠죠.

신귀족 세력과 싸워야 하는 건 당연히 맞다. 그런데 신귀족이 아닌, 다른 평범한 사람들은?

–대연합? 물론 무섭습니다. 신귀족들 무서운 게 맞죠. 하지만 인간인 이상, 그보다 더 무서운 건 아마도 대다수의 민중입니다.

이러한 얘기는 제4장로 시르티안이 해줬다. 높은 자가 가장 무서워해야 할 것은, 가장 낮은 자들의 단합된 목소리라고. 가장 높은 자가 되기 위해서는 가장 낮은 눈을 가져야 한다고 당부했다.

"민중의 목소리에 귀를 기울일 줄 알아야 합니다."

"백성 하나하나의 목소리는 약하지만, 그것이 모일 때에 해일이 되고, 그것이 곧 권력입니다."

"충정을 다하여 간언합니다. 백성이 나라의 주인이고, 주군의 힘은 백성으로부터 말미암아 나온다는 것을 언제나 잊지 않으셔야 합니다."

"몸을 낮추시어 민중들의 목소리를 들을 줄 알아야 합니다. 그들의 목소리에 귀 기울이며, 그들의 상황에 동감할 수 있어야 합니다. 그들처럼 힘겨운 삶을 살 수는 없겠지만 적어도 그들의 생활을 존중하며 그들의 아픔에 공감할 수 있어야 훌륭한 절대자가 되실 것이옵니다."

한주혁은 시르티안의 말을 잘 따랐다. 목표 타깃팅은 제대로 했다. 목표는 신귀족 세력. 나아가 에르페스 세국. 어쩌면 에르페스 제국을 넘어서 해외 기반 대륙의 또 다른 대륙까지. 그야말로 거대 세력이다.

"진정한 권력은 백성으로부터 나옵니다."

그리고 그 거대 세력을 무너뜨릴 수 있는 힘은 대다수의 국민들. 다시 말해, 신귀족들로부터 '개돼지'라 불리는 이들이 함께할 때 나온다. 한주혁도 그 말에는 동감했다.

"단순히 힘만 가지고는 아무것도 이룰 수 없을 것입니다. 인류를 모두 말살하는 것이 아니라면 말입니다."

한주혁은 학살자가 아니다. 어느 정도 재미를 위해 플레이하기는 하지만, 그렇다고 해서 모든 플레이어를 죽이고 다니는 취미는 별로 없다.

한주혁이 귓말을 보냈다.

-저는 마르칸 님을 정치적으로 이용할 겁니다. 물론 그에

따른 보상은 확실히 하겠습니다.

마르칸은 자신의 인생에, 또 다른 전성기를 열어줄 동아줄이 내려왔음을 확신했다. 자신의 위치와 상황을 정확하게 인지했다.

그는 황급히 허리를 숙였다. 굳이 육성으로 말했다.

“정말 감사합니다. 절대악께서는…… 제가 경험했던 그 어떤 리더보다 더 자비롭고 제 노력에 대한 대가를 알아주시는군요.”

그는 기대에 가득 찬 얼굴로 또 굳이 크게 말했다. 혹여 녹화되지 않을 것을 걱정하는 것처럼.

“노력한 자가 정당한 대우를 받을 수 있는 환경. 정당한 경쟁에 따른 합리적인 성과가 주어지는 환경을 제게 허락해 주시고 약속해 주심에 감사드립니다.”

한주혁은 허허, 하고 웃고 말았다. 시키지도 않았는데. 무슨 혀에 저렇게 꿀을 발라놨는지 모르겠다. 오글거려 죽겠는데 알아서 잘도 한다. 그런데 문득 이런 생각이 들긴 했다.

‘노력에 따른 정당한 대우를 받을 수 있는 사회.’

사실 어떻게 보면 그게 당연한 사회고 맞는 사회다. 근데 그 지극히 당연하고 맞는 사실이 이미 왜곡된 지 오래다. 유리아만 봐도 그렇다. 실력도 개뿔 없고 컨트롤 능력도 떨어지는데도 불구하고 승마공주라는 이명까지 얻었다.

레드 스톤 꾸러미를 이렇게 들고 다닐 정도면 온몸에 레어급 이상 아이템으로 도배를 했을 거고, 온갖 전문가들이 붙어 케어를 해줬을 거다. 그게 나쁘다는 건 아니다. 운 좋게 금수저 물고 태어났으면 금수저답게 살면 된다.

그런데 반대의 경우. 그러니까 흙수저 물고 태어났으면 무조건 흙수저처럼 살아야 한다는 건 좀 가혹한 거 같다. 아무리 노력해도 위로 올라갈 수가 없다.

'노력해도 위로 올라가지 못하는 환경인 건 맞지.'

그건 지금의 기득권 세력이 일부러 만들어놓은 상황이다. 대연합과 정부가 결탁하여 지난 200년간 그렇게 만들어왔다. 개천에서 용이 나오지 못하도록. 사회를 철저히 통제할 수 있도록.

'생각해 보면 진짜 비정상이네.'

유리아 같은 애들이 대다수의 서민들을 천민이라 욕하고, 이베 같은 놈들이 대연합 취직을 미끼로 어린애들과 잠자리를 갖고, 강무석 같은 놈이 자신은 귀족이며 천민들과는 질적으로 다르다는 사상을 갖는 사회. 적어도 정상은 아니었다.

한주혁은 이들과 잠시 헤어져 '스카이데블의 은신처'로 향했다. 더 정확히 말하자면 '스카이데블의 은신처' 필드에 속해 있는 수도 '나안'으로 향했다.

"시르티안, 내게 말할 것이 있다고."

"예, 주군."

제4장로 시르티안. 언제나 한주혁을 공포에 떨게 만드는 행정 장로. 그의 입이 또 열렸다.

"주군께서는 블랙 스톤을 판매하시어 아직 금전적인 여력이 많이 있을 것이라 판단되옵니다."

그렇긴 하다. 아직도 20조가 남았다. 개인이 가지고 있기에는 천문학적인 금액이다. 하지만 도시 하나를 건설하는 데 이 정도로는 부족하다. 당장 서울의 빌딩 하나만 해도 수십, 수백억씩 한다. 빌딩 하나가 아니라 서울을 만들어야 하는 입장이다.

"스카이데블의 은신처 외에, 센티니아 대륙이나 루니아 대륙 부근에 전진기지를 만드심이 어떨까 생각되옵니다. 도시의 개념은 아니고, 저희가 대륙으로 진출하기 위한 교두보 정도면 될 것 같습니다."

한주혁은 침을 꿀꺽 삼켰다.

"영지를 만들자고?"

"예, 언젠가는 반드시 필요한 일입니다. 세계를 제패하기 위하여."

"……그러냐?"

보기만 해도 두껍기 그지없는 서류 뭉치를 갖고 왔다.

'젠장.'

이제는 정말 시르티안이 무섭다. 유능한 신하는 돈도 많이 잡아먹는 거 같다. 천문학적인 돈을 벌었는데 또 천문학적인 돈이 나가게 생겼다.

천세송은 평소 친한 언니인 김미나, 그리고 이채연과 함께 거리를 걸었다. 오늘은 한세아의 집들이가 있는 날이다.

"꼬맹이 혼자는 좀 그렇고. 여러 명이 같이 오는 건 괜찮아."

한주혁이 이렇게 허락해 줬다. 앱솔루트 네크로맨서인 천세송만 오는 것은 좀 그렇고, 오더라도 여러 명이 같이 오라고 말이다.

사실상 절대악과 앱솔루트 네크로맨서의 관계가 오프라인에서 밝혀질 일은 거의 없다시피 하지만 그래도 나름대로는 조심하기 위해서다. 어차피 넷이 같이 친한 사이고, 불필요한 관심을 피하기 위해 같이 오라고 했다.

김미나가 작게 말했다.

"세송이 재는 또 화보 찍는다."

"그러게. 얄미울 정도로 예뻐, 진짜."

천세송이 걷는 거리는 오늘도 런웨이였고, 화보의 한 장면이었다. 대다수의 남자들이 그녀를 힐끗힐끗 쳐다봤다. 지나다니는 대부분의 사람들이 천세송의 외모에 정신이 홀릴 정도이건만, 천세송은 지나다니는 사람들에게 신경을 쓰지 않았다. 아니, 쓸 수가 없었다.

천세송과 함께 거리를 걷던 김미나가 이상함을 느꼈다.

"오늘따라 얘가 왜 이래? 거울마다 다 비춰보고 난리 났네. 거울 좀 작작 봐."

오늘따라 천세송이 좀 이상했다. 걸어가는 상점들의 유리문을 지나치면서, 아닌 척하면서 자꾸만 자기 얼굴을 살피고 있지 않은가.

"안 하던 고데기에 볼터치까지. 너 원래 이런 분홍분홍한 거 싫어했잖아."

천세송이 물었다.

"언니, 나 좀 괜찮아? 이상하진 않아?"

"지나다니는 사람들이 너만 보는데 뭘 이상해."

그러나 그 말은 천세송의 귀에 들리지 않았다.

'어떡하지? 나 오늘 예뻐야 되는데.'

한세아에게 들었다. 한주혁이 분홍색 감도는 볼터치를 좋아한다고. 그래서 평소에 하지 않던 분홍색 볼터치까지 했다.

'너무 편하게 가는 거 아닐까?'

현재 그녀는 한주혁이 그런 색을 좋아한다는 정보를 입수해서 몸매가 가려지는 분홍색 박스티에 스키니 청바지. 그리고 검은색 스니커즈를 신었다. 몸매는 가려지지만, 그럼에도 불구하고 그녀의 훌륭한 몸매를 감출 수는 없었다.

감춘다고 가려지는 볼륨감이 아니었고, 숨긴다고 숨겨지는 라인이 아니었으며, 단정하지만 쫙 달라붙는 청바지는 그녀의 쭉쭉 뻗은 각선미를 부각시켜 주고 있었다. 뒷모습을 보고 있노라면 어느 잡지나 화보 속의 청바지 모델 같을 정도였다. 힐이 아니라 운동화를 신고 있는데도 말이다.

'좀 더 예쁘게 꾸밀 걸 그랬나?'

그녀는 스스로가 얼마나 예쁜지는 자각하지 못한 채 초조해했다. 그녀와 같이, 한세아의 집들이에 가고 있는 김미나와 이채연은 천세송을 이해할 수 없었다. 오늘따라 얘가 왜 이러나 싶다.

'그래도 주혁 오빠가 보기에 나는 애니까. 너무 대놓고 멋 부리는 건 싫어할 거야.'

애면 애답게. 그렇게 접근하기로 했다. 하지만 언제까지나 애이고 싶지는 않았다.

'두 달만 있으면 나도 성인이니까!'

그때까지는 어떻게든 친해져야지. 일단 친해지고 난 다음에, 성인이 되면 이제는 여자로 봐줄 거야. 그렇게 생각하면서 걸음을 옮겼다. 심장이 두근거렸다.

'세아 언니, 짱 고마워.'

오늘은 집들이가 있는 날이다. 세아가 이사를 했으니, 가장 친한 동생으로서 집들이를 가는 건 당연한 것! 그녀는 그렇게 생각했다. 핑계도 좋지 않은가. 게다가 여러 명! 이상하지도 않고 딱이다.

'여기가 맞지?'

힐스테이. 이번에 한주혁 가족이 새로 이사 온 곳이다. 정문으로 들어가려 하는데, 누군가와 마주쳤다.

"저기요."

그녀의 기억 속에 있는 얼굴이었다. 누군지 기억이 났다.

"그쪽 분은……."

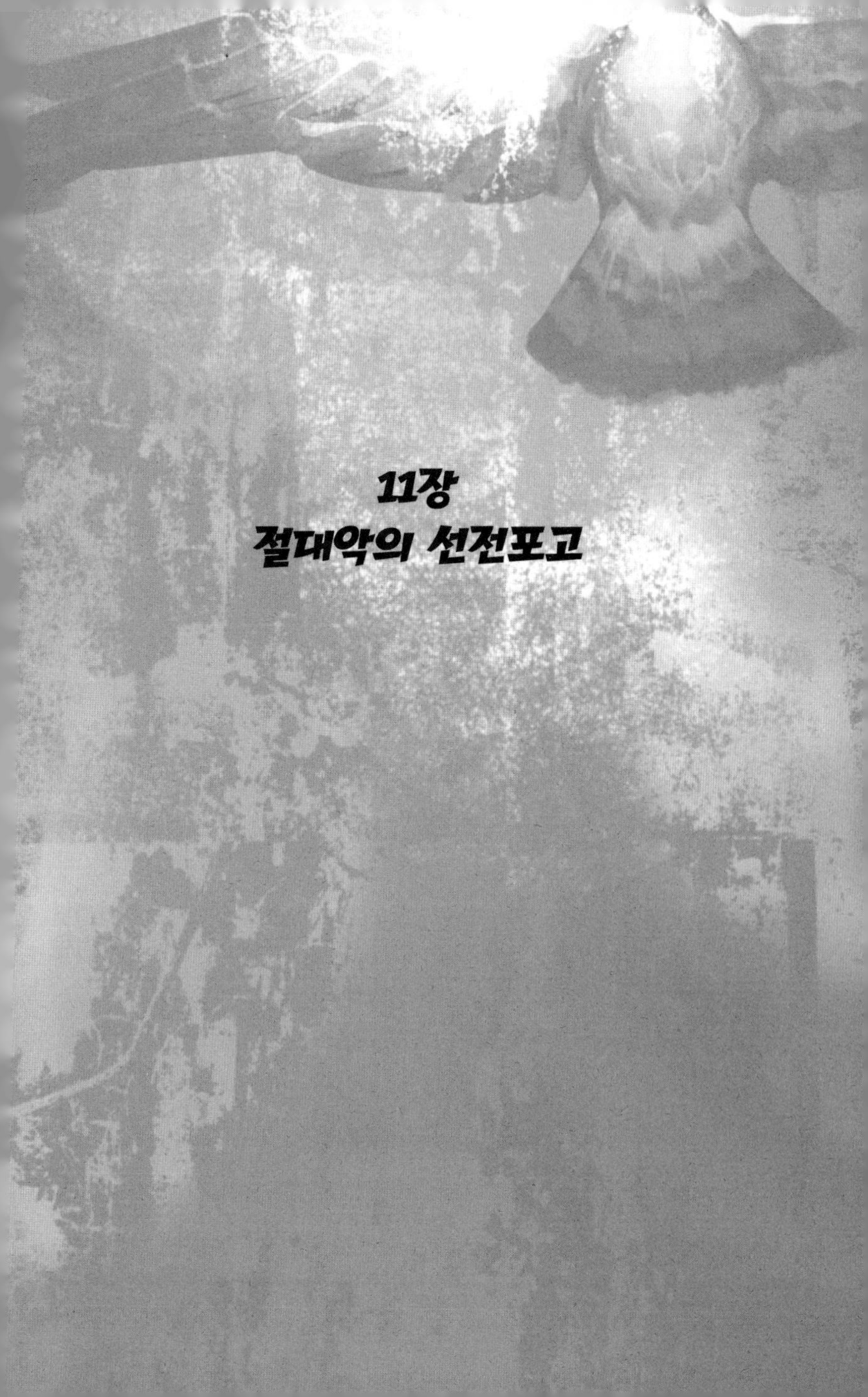

11장
절대악의 선전포고

천세송은 저 남자가 누구인지 기억해냈다.

"그쪽 분은……."

그녀가 남자를 기억하는 경우는 별로 없다. 아주 특별한 경우에나 기억하는데, 이 남자는 굉장히 특별했다.

'주혁 오빠한테 처음 혼났던 날 만났던 남자!'

한주혁과의 첫 만남에서 매섭게 혼났었고, 그 직전에 만났던 남자여서 기억이 남는다. 커피숍이었었고 천세송에게 접근했었다. 남자 친구가 있다고 밝혔음에도 불구하고 끈질기게 달라붙었던 그 남자였다.

'맞아! 주혁 오빠 만난 그날 만났던 남자야!'

순수하게 한주혁 때문에 기억이 났을 뿐이지만 남자는 약간 오해한 듯했다.

"저를 기억해 주시는군요."

"아……. 네, 뭐."

옆에 있던 이채연이 호들갑을 떨었다. 귓속말로 물었다.

"대박! 아는 사람?"

"아니, 몰라."

이채연은 분명히 봤다. 저 옆에 길가에 세워져 있는 주황색 스포츠카에서 이 남자가 내렸다. 그녀는 안다. 저거 람보르기니다. 엄청 비싼 차. 이 남자, 엄청 부자다. 남자는 자고로 능력이다. 능력 있는 남자면 외모가 어떠해도 상관없다. 성격도 그다지 중요하지 않다. 돈이 최고다. 이채연은 그렇게 생각했다. 그런데 이 남자, 얼굴까지 잘생기지 않았는가.

남자가 말했다.

"여기 사시나 봐요."

"죄송해요. 저 남자 친구 있어요. 이만 가볼게요."

"저번에도 말씀드렸듯, 사귀자는 얘기 아니에요. 밥이나 한 끼 먹고 커피나 한잔 마시자는 거예요. 저 이래 봬도 제법 괜찮은 남자거든요."

괜찮은 남자가 초면에 차 키부터 들이밀면서 저거 내 차입니다, 라고 자랑해요? 천세송은 반문하고 싶었지만 그러지는 않았다. 천세송에게 이런 상황은 익숙하다 못해 신물이 날 정도. 일일이 반응해 주면 끝이 없다. 이런 남자 귀찮다. 아, 주혁 오빠나 보고 싶다. 그 생각만 들었다.

“저희 약속이 있어서 이만 가볼게요.”

“골키퍼 있다고 골 안 들어가지 않죠.”

“골 들어간다고 골키퍼가 바뀌진 않아요.”

그런데 그때, 한주혁이 보였다. 한주혁도 마침 아파트 아래쪽에 있는 할인 마트에서 음료수를 사던 중이었다.

“어! 오빠! 저 왔어요!”

남자는 한주혁을 쳐다봤다. 한주혁이 이 여자의 남자 친구라고 생각했다.

‘저런 놈이 이런 여자의 남친이라고?’

믿을 수 없었다. 아무리 봐도 그냥 평범함 그 자체인데. 그에 반해 자신은 어떤가. 히든 클래스를 가졌고 이 젊은 나이에 소연합을 이끌고 있는 당당한 사장님 아닌가. 남자는 천세송에게 명함을 줬다.

“이건 제 명함입니다. 나중에라도 혹시 생각 있으시면 연락주세요.”

명함에는 ‘렉사스 연합’ 연합장 ‘로안’이라고 적혀 있었다. 그는 확신했다. 이 명함을 받아 드는 순간. 이 여자는 자신에게 호감을 보일 것이다. 물론 착각이다. 천세송의 눈에는 지금 한주혁만 보였다.

“오빠!”

천세송이 반가운 듯 달려갔고, 한주혁은 한세아의 친구들과 만났다. 집들이에서.

이채연은 이해할 수 없었다.

“세송아, 아무리 봐도 세아네 오빠보다는 그 남자가 훨씬 낫지 않아?”

얼굴도 잘생겨, 돈도 잘 벌어, 연합장이야, 람보르기니를 타.

“네가 아직 어려서 모르나 본데, 남자는 능력이 최고야. 보니까 그 정도면 매너도 있는 것 같던데.”

옆에서 김미나가 핀잔을 줬다.

“무슨 매너가 있어. 남자 친구 있다는 데도 들이대는 게 정상은 아니잖아.”

현재 한주혁은 방 안에 들어가 있는 상태. 그녀들은 수다 꽃을 피웠다.

“아니, 그래도. 주혁 오빠는 그냥 평범한 연합원이라며. 그런데 그 사람은 무슨 연합의 연합장이잖아. 그 나이에 사업해서 성공하는 게 쉬운 게 아닌데. 진짜 대단한 사람이잖아.”

천세송의 생각은 달랐다.

“그 사람이 대단한 거랑 나랑은 상관없잖아.”

“그 남자 너한테 엄청 호감 보이던데. 그런 남자 만나서 인생 펴봐야지. 너처럼 예쁜 애들은 잘난 남자 하나 꼬셔서 시집 잘 가는 게 장땡이야.”

천세송은 말해주고 싶었다. 우리 아저씨는 그런 듣보잡 남자와는 완전히 다르다고. 무려 절대악이라고. 세계 랭커들조차도 쩔쩔매었던 그런 사람이라고. 그렇게 대신 자랑해 주고 싶었다. 그러나 자랑할 수 없었다. 오프라인에서 그의 정체에 대해서 폭로할 수는 없으니까.

"하여튼 나는 그 남자 민다. 로안? 어차피 너 남친 있다는 것도 뻥이잖아. 한 번 만나봐. 그 사람 말대로 밥이나 한번 먹으면 되잖아."

이채연은 본능적으로 천세송이 한주혁에게 굉장히 큰 호감을 가지고 있다는 것을 알아차렸다.

"네 얼굴에 주혁 오빠는 좀 아니지."

아무리 봐도 주혁 오빠는 아니다. 주혁이 나쁘다는 건 아니지만 그래도 너무 평범하다. 이렇게 예쁜 여자애랑 사귀기에는 격이 맞질 않는다. 적어도 이런 애랑 사귀려면 아까처럼 엄청 비싼 스포츠카를 타는 남자 정도는 되야 하지 않겠는가.

마침 한세아가 음료수를 들고 왔다. 이채연이 한세아에게 물었다.

"야, 세아야. 솔직히 너네 오빠랑 세송이랑 어울려?"

"갑자기 뭔 소리야?"

"솔직히 주혁 오빠보다는 람보르기니 타는 남자가 세송이랑 더 어울리지 않냐?"

그래서 한세아는 이채연과 제대로 싸웠다. 겨우 그깟 람보르기니 타는 게 대수냐고. 그게 사람을 판단하는 척도냐고 말을 꺼냈는데, 그게 불씨가 되어 좀 큰 싸움이 됐다.

집들이의 끝은 조금 안 좋았다. 천세송, 이채연, 김미나는 약간 어색해진 상태로 헤어졌다.

올림푸스에 접속한 천세송은 주먹을 불끈 쥐었다.

“그 언니는 아저씨에 대해서 아무것도 몰라요.”

“왜? 무슨 일 있었냐?”

“그냥 이제부터 그 언니랑은 친하게 지내지 않기로 했어요. 절교할 거예요.”

한주혁은 그러나저러나 별로 신경 안 썼다. 이 꼬맹이의 친구 관계. 한주혁에게 그렇게 중요한 건 아니었으니까. 그냥 뭐 안 좋은 일이 있었나 했다.

“아저씨랑 셀카 찍고 싶었는데 망했어요.”

“셀카는 무슨.”

천세송은 셀카가 찍고 싶었다. 잘 때마다 아저씨 얼굴 한 번 보고 자면 좋지 않겠는가. 그런 생각하면 괜히 설렜다. 그런데 분위기가 싸늘해져서 그럴 타이밍이 없었다.

“사실은 아저씨가 사실은 엄청 대단한 사람이란 거 말하고 싶었는데.”

“…….”

"아저씨가 얼마나 대단한지도 모르면서……! 하나도 안 평범한데."

한주혁은 대략 무슨 말인지 이해했다. 아, 그러니까 뭐. 내가 평범하다느니 어쩐다느니. 그런 얘기를 했겠지. 근데 그 얘기가 왜 나왔지?

"내 얘기는 왜 한 거냐?"

"그, 그건……."

제가 아저씨를 좋아하는 걸 다들 눈치채서 그런 것 같아요. 그 말은 차마 하지 못했다. 벌써부터 마음을 들켰다가는 차일 것 같다. 아직 그녀는 19살이고, 어른들은 19살을 여자로 보지 않는다고 들었으니까. 지금은 여자로 친해지기 이전에 먼저 일단 친해지는 게 우선이지 않겠는가. 괜히 지금 부담을 줬다가 오히려 멀어지면 큰일이다.

"그냥…… 어쩌다 보니 나왔어요."

"내 얘기는 최대한 하지 않는 게 좋아. 너랑 내 연결고리는 적어도 아직은 밝혀져서는 안 되니까. 내 말 알아듣지?"

저번에 한 번 무섭게 혼냈으니까 잘 알아듣겠지. 무턱대고 혼내지는 않았다. 저번에 혼낸 것도 좀 과한 부분이 있었다. 한주혁이 혼을 내는 건 어디까지나 조심해야 한다는 걸 일깨우기 위해서지 실제로 천세송이 크게 잘못을 했다거나 한 건 아니었으니까.

천세송도 이해했다. 고개를 끄덕였다.

"근데 아저씨, 마르칸 아저씨를 통해서 뭘 한다고 하지 않았어요?"

"맞아."

마르칸을 통해서 일을 진행 중이다. 한주혁 자신은 풀카오고, 펫인 루펜달도 풀카오다. 앱솔루트 네크로맨서인 천세송은 흑마법을 익히고 있어서 NPC들과 거래함에 있어서 약간의 불리함을 가진다. 그래서 대외적인 업무는 마르칸이 담당하게 됐다.

천세송이 흥미진진한 듯 물었다.

"와, 이제 본격적으로 움직이는 거예요?"

한 가지 소식이 한국 기반의 대륙인 '센티니아 대륙'과 '루니아 대륙'을 들끓게 만들었다.

"절대악이 영지를 만들었대."

"대박이네. 에르페스 제국에서 그걸 허락했나?"

"게네들이야 뭐, 유저들의 일에 크게 신경 안 쓰잖아."

에르페스 제국 NPC들은 절차와 형식만 잘 갖추면, 플레이어들의 일에는 크게 간섭하지 않는다. 여태까지는 그래왔고 앞으로도 그럴 가능성이 높았다.

"마르칸이라는 대리자를 내세워서 영지 하나를 구입했는

데, 실질적인 주인은 절대악이래."

"대박이다. 그러면 나중에는 영지전까지 계획하고 있다는 거잖아."

"안 그래도 그것 때문에 말이 많아. 신성과 엘진에서는 벌써부터 그곳을 멸망시키겠다고 호언장담하고 있고."

절대악의 행보는 파격적이었다. 신성과 엘진이라는 거대한 해일이 그 뒤를 바짝 쫓고 있음에도 불구하고 그는 몸을 사리지 않았다. 오히려 대놓고 당당하게 영지를 사들이는 과감함을 보였다. 덤빌 테면 덤벼봐. 그 정도로 해석할 수 있겠다.

"근데 절대악한테 블랙 스톤이 두 개나 더 있다며?"

"그것 때문에 신성과 엘진을 제외한 다른 대연합들은 좀 소극적이래."

'절대악 VS 7개의 성좌'의 격돌이 '메인 시나리오'인 것에는 틀림없었으나 그것은 한국 기반 대륙에서 이루어지는 메인 시나리오에 가까웠다. 한국에서 벌어지고 있는 큰일이고, 외국 대륙에 기반을 가지고 있는 대연합들은 이 시나리오 자체에 크게 의미를 두고 있지 않았다.

"절대악을 악으로 생각하기보다는…… 오히려 반드시 섭외해야 할 파트너로 생각하는 것 같더라."

"그때 왜. 어벤져스에서는 적극적인 지지를 제안했잖아."

"란돌도 저번에 절대악을 위해서 언제든지 자신의 힘을 동원할 수 있다고 얘기했어."

그러한 상황이다 보니 오히려 외국계 대연합들은 한주혁에게 호의적이고, 한국계 대연합들이 한주혁에게 적대적인 상황이 펼쳐졌다.

"근데 그게 상식적인 거 아냐? 블랙 스톤을 두 개나 갖고 있는데."

"그렇긴 한데……. 워낙에 사이가 안 좋게 되어버려서. 뭐 다 생각이 있겠지."

루펜달이 한주혁을 향해 뛰어왔다.

"형님! 제가 돌아왔습니다! 형님의 발닦개입니다!"

접속 불가였던 48시간 동안 얼마나 가슴 졸였는지 모른다. 그 눈치 빨라 보이던 마르칸이 잽싸게 펫 1호 자리를 빼앗지는 않을까 해서. 지금 펫 1호를 놓고 루펜달, 마르칸, 꼬꼬가 경쟁하고 있는 상황 아니던가.

"그나저나 형님, 이번에 일을 크게 벌이셨던데 말입니다."

카고누스 산맥의 서쪽 지형. 버려진 영지 중 하나인 '세르니아'를 구입했다. 세간에 알려지기로는 약 800억 정도의 예산이 소요되었다고 했다. 제대로 된 도시. 아니, 마을을 만들려고만 해도 그 수십 배의 예산이 들어갈 텐데.

"진짜로 영지전을 벌이실 생각이십니까?"

영지를 가지고 있는 플레이어들은 그렇게 많지 않다. 특히 한국은 더더욱 그렇다. 대연합들이 대부분의 영지를 독차지하고 있고, 나머지는 거의 중견 연합들이 독점하고 있다. 대연합과 중견 연합 외에, 개인이나 소수단체가 영지를 가지고 있는 경우는 거의 없었다.

"지금은 아직 무리지."

세력이 약하다. 게다가 지금은 상대를 공격할 때가 아니라, 내실을 다지고 공격을 방어할 때다.

"지금 벌써부터 신성이랑 엘진에서는 연합 전선을 구축하여 여기를 친다고 난리도 아닙니다."

"그렇겠지."

그들의 자존심. 신귀족의 자존심에 제대로 스크래치를 낸 절대악이 아닌가.

"형님이 없을 때를 노릴 겁니다."

그는 지금 거의 혈혈단신이다. 사람들이 보기에는 그랬다. 한주혁의 세력이라고 해봐야 몇몇 NPC, 앱솔루트 네크로맨서, 루펜달, 마르칸. 이 정도가 끝이다. 겉에서 봤을 때에는 말이다.

하지만 실상은 전혀 그렇지 않다.

에르페스 제국 2대 살수 단체인 살막과 흑화당이 동원되어 길목과 길목을 지키고 있다. 게다가 성이 완공되는 대로 제1장로 룩소가 이곳에 자리를 잡을 거다. 상시 워프 포탈도 열어놓고 언제든지 방어가 가능하도록 시스템을 구축할 예정이다.

'게다가 여기엔 세송이도 있고.'

대규모 공성전, 대규모 전투에서 엄청난 역할을 수행할 앱솔루트 네크로맨서가 있다. 물량전에서는 그 누구에게도 뒤처지지 않는다. 당당하게 움직여도 되는 가장 큰 이유다.

뿐만 아니라.

'성좌들은 어차피 지금 퀘스트 수행 중이고.'

성좌들에 대한 정보까지도 한세아를 통해 실시간으로 얻고 있다.

"루펜달, 올림푸스 매니아에 선전포고 올려."

"……예?"

"지금부터 우리는 신성과 엘진을 상대로 한 맞척살령을 내린다."

"예?!"

루펜달은 놀랐다. 지난 이백 년의 동안, 개인이 대연합을 상대로 척살령을 내린 적이 있었나? 단언컨대 없었다. 있을 수 없는 일이다. 원래는 있을 수 없는 일이고 누가 들어도 콧방귀를 뀔 일인데.

'진짜로?'

근데 이 형님이 말하니까 진짜 같다.

'뭘 어쩌시려고?'

한주혁이 씨익 웃었다. 지도를 펼쳐놓고 한곳을 가리켰다.

"그래서 우리는 이곳으로 이동할 거다."

루펜달이 침을 꿀꺽 삼켰다.

저곳. 루펜달도 잘 알고 있는 곳이다.

'대박이다.'

역사가 변화하는 현장에 직접 자리하고 있는 것 같은 그런 기분이 들었다.

"지금 당장 선전포고 올리겠습니다."

한국 내에서 변화의 바람이 일기 시작했다. 처음 시작은 미약한 바람이었다.

천세송에게 보기 좋게 퇴짜 맞은 남자. 닉네임으로 로안을 쓰는 그는 젊은 사업가였고, 한 중소연합의 연합장이었다. 대연합 신성과 거래하게 되면서 이번에 소위 말하는 '잭팟'을 터뜨렸고 젊은 사람들 중에서는 성공한 사람이라고 볼 수 있었다.

그래서 그는 언제나 자신감이 넘쳤다.

'그 여자, 진짜 내 스타일인데.'

미성년자인 것도 상관없다. 남자 친구가 있어도 상관없다. 골 들어가도 골키퍼 안 바뀐다고 당당하게 쏘아붙이는 것도 좋다. 그의 취향을 완전히 저격했다. 엄청 예쁘길래, 남자가 얼마나 대단한지 봤더니 그리 대단하지도 않다. 척 봐도 느껴진다. 그냥 그런 평범한 남자다.

'남자 친구가 그런 핫바리라니.'

시간이 문제일 뿐이다. 시간만 있으면 그 여자를 빼앗을 수 있다고 확신했다.

그러던 그는 올림푸스 매니아를 통해서 한 가지 사실을 확인할 수 있었다.

"완전히 미친놈이네."

절대악이라는 미친놈 하나가 나온 건 알겠다. 강력하다는 것도 알겠다. 저번에 200명을 상대로 전투가 아닌 학살을 저지른 것도 안다. 엄청난 힘을 가지고 있다. 젊은 층에서는 상당히 성공한 자신이라고 할지라도, 비록 자신이 꽤 괜찮은 히든 클래스를 가지고 있다고 할지라도 놈과 싸우면 무조건 진다.

"세상 혼자 사나?"

아무래도 이놈은 미친놈이다. 세상은 혼자 살 수 없다. 그가 보기에 저 절대악은 핏덩이였고 애송이였다. 그가 절대악에게 내린 평가는 꽤 가혹했다. 기득권 세력에 제대로 녹아들지 못하는 열정만 가득한 애송이.

그의 생각으로는 기득권 세력에 제대로 들어가는 게 청년들이 해야 할 일이다. 노력하면 할 수 있다. 그냥저냥 평범하게 사는 이들은 노력이 부족해서다. 한 달에 몇만 원, 혹은 몇십만 원 하는 경조사비에 후덜덜하는 사람들. 한 달에 몇백만 원이 부족해서 덜덜 떠는 사람들. 로안이 보기에는 다 같잖다. 너무 허접한 인생들이다.

"저 정도 힘을 가졌으면 적당히 타협해서 잘살면 될 것을."

쯔쯧, 하고 혀를 찼다. 저런 놈은 이슈몰이에는 성공할 수 있겠지만 결국은 롱런하지 못한다. 신성 아래 들어가서 나 죽었소, 하고 살면 알아서 신분세탁도 해줄 거고 알아서 승승장구하게 만들어 줄 텐데.

멍청이도 저런 멍청이가 없다. 200명을 이겨서 신나 하는 것 같은데 200명이 아니라 2,000명. 아니, 20,000명이 되어도 저럴 수 있을지. 황당했다.

대연합 신성에 속한 이들만 공식적으로 30만에 달하고 하청까지 치면 그 단위가 수백만에 이를 텐데. 그 수백만을 상대로 싸우겠다고?

"엘진까지 건드려?"

완전히 세상 물정 어두운 미친놈. 열정만 가득한 미친놈이 틀림없었다. 그런데 내용이 조금 거슬렸다.

"아, 근데 왜 하필이면……."

왜 하필이면 이놈이 선전포고를 한 곳이 '르우만 골짜기'인지 모르겠다. 르우만 골짜기는 그의 연합인 '렉사스'가 주로 작업하는 곳이지 않은가. 신성의 '황금알을 낳는 사냥터'가 몇 개 되는데, 르우만 골짜기는 그중 하나다.

'설마 진짜 쳐들어오지는 않겠지?'

근데 왠지 진짜 쳐들어올 거 같다. 놈이 미친놈인 건 알겠는데, 미친놈에게 걸리면 답이 없다는 것도 안다. 놈과는 최대한 부딪치지 않아야겠다. 그는 올림푸스에 접속했다.

그의 연합원들에게 말했다.

—우리는 직접적인 마찰을 최대한 피합니다. 우리 일에 집중합니다. 괜히 나서서 놈의 심기를 건드리는 분은 바로 해고입니다.

세간의 관심이 '르우만 골짜기'에 쏟아졌다. 절대악이라는 젊은 남자가 기존의 기득권 세력. 신성에 도전장을 내밀었다. 재미있는 건, 수많은 청년이 그 도전에 알게 모르게 지지를 보내고 있다는 것이었다. 괜히 신성에게 찍힐까 봐 목소리를 내지는 못하고 있지만 말이다.

신성의 대연합장 강무환이 누군가를 찾았다.

"선생님께서는…… 이번 사태를 어떻게 보십니까?"

강무환이 그 누군가를 선생님이라고 불렀다. 일반 사람들은 상상할 수 없는 경우다. 대연합 신성의 전설 강무환이 누군가를 '선생님'이라고 일컫다니. 하지만 정작 '선생님' 소리를 듣는 당사자는 그것이 당연한 듯했다.

"상당히 큰 이슈가 되겠지. 젊은 층들이 꽤 지지를 보내는 것 같던데."

"……그렇습니다."

"무석이가 몇 차례 날뛰었던 것도 나름대로 이슈가 되었지?"

강무환은 무겁게 고개를 끄덕였다. 여론을 조작하고는 있다만, 동영상이 퍼지는 걸 완벽하게 차단하기는 힘들었다. 강무석이 가지는 일반 생각. 더 정확히 말하자면 서민들을 향해 갖는 일반적인 생각들이 동영상을 통해 많이 흘러나왔다.

이를테면 '천민 새끼'라든가 '출신이 비천한'이라든가 '신성에 대한 반역'이라든가.

"일부 어리석은 젊은 층들은 절대악을 거의 사회혁명가 취급을 하더군."

"……맞습니다. 어리석기 짝이 없는 생각입니다."

지금의 이 사회를 개인이 바꾼다? 있을 수 없는 일이다. 아무리 절대악이라도 그건 불가능하다.

"개돼지들은 개돼지일 때 그 가치가 있는 법. 개돼지들이 주인의 밥상을 넘보면 그에 걸맞은 대가가 있어야 하지 않겠나?"

"물론입니다."

그래서 강무환은 말하고 싶었다. 선생님께서 도와주시면 쉽게 끝날 일이라고. 하지만 강무환이 생각하기에, 이 남자는 움직여 주지 않을 것 같았다.

'반쯤은…… 신성이 패배하기를 바라고 있으신 것 같군.'

선전포고까지 받은 상황에서 신성이 패배한다? 그러면 지금보다는 훨씬 더 큰 이슈몰이가 될 거다. 그다음에 누군가가 나서서 그 절대악을 정리한다면?

'4번 성좌인 Siri나 5번 성좌인 채순덕을 밀어주실 생각인가.'

아마도 그럴 확률이 높다. 그들은 대한민국의 숨겨진 로열패밀리, 태르민 일가의 핏줄이니까.

"놈을 반드시 짓밟아수게. 개돼지들이 혹시나 나른 생각을 갖지 않도록. 이 헤프닝이 단순한 헤프닝으로 끝나야겠지. 나는 신성의 힘을 믿네."

"믿어주시니 감사할 따름입니다."

신성을 믿는단다. 자기가 나서지는 않겠다는 걸 우회적으로 표현한 거다. 뭐라고 말할 수가 없다. 아무리 그 자신이 신성의 대연합장이라 할지라도, 사회 전반적으로 이미 막대한 영향력을 끼치고 있는 태르민 앞에서는 말조심을 하는 게 맞으니까.

"무석이도 입조심을 시켜야 할 거야. 개돼지들은 저희들이 개돼지인 것을 모를 때에, 가장 개돼지다운 법이니까."

"입조심시키겠습니다."

"저희들이 지배받는지 모르도록 지배하는 것이 가장 효율적인 방법이라는 것을 꼭 가르쳐야 한다네. 요즘 그 아이를 보면 대놓고 귀족 행세를 하려는 것 같더군."

"……."

태르민도 강무환도 자신들이 귀족이라는 것에는 이견이 없었다. 그들은 귀족이고 평민들 위에 군림하는 자다. 평민들, 다시 말해 서민들은 개돼지들이고 귀족들은 그들을 다스리며 편안하게 살면 된다. 다만 그것을 대놓고 표현하는 건 좀 위험하다. 비록 개돼지들이라 할지라도, 꼴에 자존심은 있어서 개돼지임을 인정하고 싶어 하지 않으니까.

태르민이 말했다.

"이번 전투에 성좌들은 참여하지 않을 걸세."

이걸로 확실해졌다. 태르민은 신성의 패배를 은연중 바라고 있다. 성좌들 전부가 참여하지 않는다? 태르민의 입김이 강력하게 작용했을 거다. 나중에 성좌들이 화려하게 스포트라이트를 받을 수 있도록. 그러한 그림이 펼쳐지길 원하고 있을 거다.

강무환은 안다. 태르민이 이번에 다섯 번째 부인을 들였다는 것을.

'발정 난 늙은이 같으니라고.'

대한민국이 일부일처제라는 사실 따위는 아무래도 중요하지 않았다. 저 사람은 로열패밀리 태르민 일가의 수장. 태르민이니까. 그가 부인을 여럿 들이겠다는데 누가 어쩔 것인가. 현직 대통령조차도 태르민의 수하라는 얘기가 나돌고 있는 판국에. 이번에 레드 스톤을 갈아 만든 비아그라까지 잔뜩 구입했다는 것도 이미 알고 있다. 좀 역겨웠다.

하지만 겉으로는 공손하게 말했다.

"물러가 보겠습니다."

한세아가 말했다.

"오빠, 이번에 르우만 골짜기에 쳐들어간다며? 지금 난리도 아니더라. 관심이 장난 아냐. 루펜달 씨가 올린 선전포고문 조회 수가 벌써 3,000만이 넘었어. 진짜 쳐들어갈 거야?"

"어."

"그냥 그게 끝은 아니지?"

"당연하지."

한주혁은 씨익 웃었다. 단순히 그냥 쳐들어가서 신성을 짓밟는다? 그건 별로 의미가 없다. 재미도 없고. 단순히 그걸 노리는 게 아니다.

"음, 뭔지는 안 물어볼게. 오빠가 어련히 알아서 잘하겠지. 성좌들은 이번에 안 낄 거래."

"왜?"

한주혁으로서도 좀 의외였다. 성좌들이 활약할 수 있는 기회이지 않은가. 이번에 이름도 좀 널리 알리고 그럴 수 있을 텐데. 어째서?

"몰라. 4번 성좌가 처음 그렇게 얘기했는데 다들 납득하는 분위기더라구."

"4번 성좌?"

"닉네임이 Siri야. 나도 정확하게는 모르겠는데 인형술사 같은 클래스야. 세긴 진짜 센데 싸가지가 더럽게 없어."

"음."

한세아는 또 성좌들에 대한 험담을 늘어놓았다. 자기들이 진짜 귀족인 줄 안단다.

“제일 어이없던 게 뭔지 알아? 절대악이 아무리 난리를 쳐봐야 어차피 사회 부적응자 쓰레기일 뿐이래.”

한주혁이 어깨를 으쓱했다. 어째 하나같이 하는 말들이 비슷한지 모르겠다.

“부적응자 맞지, 뭐.”

“기득권 세력에 저항하는 게 쓰레기인 건 아니잖아? 그리고 내가 요즘 진짜 느끼는 건데. 성좌들이고 대연합이고 걔네가 진짜 쓰레기들이야.”

한마디를 더했다.

“개돼지들을 선동한다나 뭐라나.”

주먹을 불끈 쥐었다.

“오빠, 쓸어버려 줘. 혹시라도 성좌들이 참여하게 되면 그때 내가 귓말로 연락 줄게.”

신성의 이사들이 회의를 가졌다.

“너무 대놓고 준비하는 것을 보이면……. 신성의 위상이 떨어집니다.”

“겨우 날파리 하나 때문에 요란하게 준비할 필요는 없습니다.”

"날파리치고는 지나치게 강력하지 않습니까?"

"대놓고 준비는 하지 않되, 내실은 다져야겠지요."

"르우만 골짜기에는 수많은 하청연합들이 있습니다."

모두가 고개를 끄덕였다. 하청연합들은 모두 계약직이다. 계약직 애들이 죽든 말든 그런 건 신성에게 중요하지 않다. 계약직이야 뭐 하루살이 인생들 아닌가. 그들은 신성의 '정규 전력'에 포함되지 않는다.

"하청 애들을 방패 삼아 체력을 소진시킨 뒤에 저희가 나서서 공격하면 되겠지요."

"제깟 놈이 아무리 세봤자 수천 단위의 플레이어를 상대할 수는 없을 겁니다."

타이밍도 대충 예상이 된다. 르우만 골짜기에서 몬스터들이 대규모로 리젠되는 매시 정각을 피해서, 언제가 될지는 모르나 몬스터 사냥이 끝나 유저들이 지칠 법한 30분 정도가 되면 쳐들어올 거다. 뻔했다.

"놈에게는 기동성이 확보되어 있습니다."

"맹금류의 펫인데 지능이 매우 떨어질 것입니다. 테이머를 여럿 배치하여 주인과의 연결고리를 끊어내거나 방해하면 기동성을 떨어뜨리는 데 유리할 것입니다."

단순히 그것만으로는 좀 부족하다. 놈이 무모하고 미친놈인 것은 맞지만, 실력이 있는 미친놈이었으니까.

"계약직 애들한테 TNT 스크롤을 나눠주는 건 어떻습니까?"

"그건 좀……."

TNT 스크롤은 자폭할 때 사용하는 스크롤이다. 말하자면 자살폭탄.

"알려지면 좀 곤란합니다. 계약직들을 너무 도구로 사용한다는 여론이 형성되면 신성에 별로 좋지 않으니까요."

"그거야 알리지 않으면 그만 아닙니까."

알려져 봐야 어느 힘없는 계약직 노동자가 외치는 개소리일 뿐이다. 대한민국의 언론은 이미 신성을 비롯한 대연합이 꽉 잡고 있다. 그 어떤 누가 바른 소리를 하더라도, 순식간에 하등 가치 없는 개소리로 바꿔버릴 수 있는 힘이 신성에게 있었다.

"그래도 알려져서 좋을 것은 없습니다. 기밀을 잘 유지할 수 있는 하청 중에서 선별해서 진행하는 걸로 하지요."

신성과 긴밀한 관계를 엮고 있는 이들.

"불법을 꽤 저지르고 있는 애들을 총알받이로 내세우면 좋을 것 같네요. 못해도 H/P를 30퍼센트는 깔 수 있을 겁니다."

불법을 저지르고 있는 놈들도 꽤 있다. 세금 탈세부터 시작해서 고용법을 위반한다든가 자금세탁을 한다든가 불법적인 영업을 뛴다든가. 까면 많다. 뒤가 구린 놈들일수록 신성의 말을 잘 듣는다.

"좋습니다. TNT 스크롤과 함께 테이머들을 급파하는 것으로 하죠. 하청 애들도 꽤 많이 집결했습니다."

정규 전력으로 잡히지 않는 이들. 이들은 죽어봤자 사망자

수로 집계도 되지 않을 거다.

그들의 죽음은 그냥 당연한 거고, 가치 없는 죽음이니까. 그리고 죽으면 일을 못 하는 24시간 동안의 일급은 안 나가도 된다. 전과도 부풀리고, 돈까지도 아낄 수 있는 좋은 방안이다. 뿐만 아니라 그들은 보통 '힘없는 사람들'로 표현된다.

절대악이 그런 그들을 마구 죽인다? 역시 여론에 좋지 못한 영향을 끼칠 거다. 신성이 그렇게 만들 거다.

세간의 관심이 집중되는 가운데, 아무리 절대악이라도 신성이 마음먹고 상대하면 이길 수 없다는 여론이 굉장히 우세한 가운데에 꼬꼬가 하늘에서 모습을 드러냈다.

르우만 골짜기에 있는, 수많은 하청 연합장 중 한 명인 로안은 인상을 찡그렸다.

'저 새끼, 진짜 왔네.'

미친놈이 틀림없다.

'근데…… 뭐하는 거지?'

그런데 생각과는 너무 다른 상황이 펼쳐졌다.

to be continued